ISBN: 978-3-8337-4692-5
GOYA Verlag
1. Auflage 2023

Henriettenstraße 42a, 20259 Hamburg
www.goyaverlag.de

Herausgeber: Bernard Larsson, Ulrich Maske
Redaktion: Julia Berlin
Grafische Bearbeitung: Marcelo Marques
Druck: Livonia Print, Jūrkalnes iela 15/25, entrance 3, Riga, LV-1046 Latvia/Lettland

Bernard Larsson

Revolte

Die 68er-Bewegung
in Bilden und Texten
von Zeitzeug*innen

GOYA

Liebe Leserinnen, liebe Leser,

aus der Geschichte und aus Geschichten können wir oft lernen und aus Bildern, die in ihrer ganz eigenen Bildsprache erzählen. Die Bildsprache Bernard Larssons, Fotografen der 68er-Bewegung, ist selbst bewegend, besonders eindrucksvoll und voller Spannung, ja, zum Teil auch erschütternd. Aus Geschichte und Geschichten lernen soll hier nicht heißen, dass Neunmalkluge uns die Welt erklären. Die 68er-Bewegung hatte auch nicht auf alles die einzig gültige Antwort und auch kein »Parteiprogramm«. Es gab Lösungen, Forderungen, Diskussionen zu Krieg und Frieden, zu sozialen Fragen, zur Gleichberechtigung von Frauen und Männern und vielen weiteren gesellschaftlichen und politischen Themen, ob national oder international. Die Forderungen waren durchaus radikal, was aus dem lateinischen Ursprung »radix« abgeleitet ist, also von der Wurzel her, Oberflächlichkeiten reichten nicht. Der Sozialistische Deutsche Studentenbund (SDS), eine wichtige Stimme der Bewegung, war ursprünglich der Hochschulverband der SPD, aber der SPD-Führung wohl schon 1961 zu radikal und wurde ausgeschlossen. Seitdem war er die einzige deutsche parteiunabhängige sozialistische Hochschulorganisation. Die 68er-Bewegung stellte Fragen und sie stellte infrage. Und dafür war es höchste Zeit. Das »alte« Denken und Handeln des Hitler-Faschismus, was unter anderem zum Zweiten Weltkrieg und Millionen von Todesopfern geführt hatte, war weder am 8. Mai 1945 noch mit Gründung der Bundesrepublik Deutschland 1949 überwunden. Der prominente Fall Kiesinger machte deutlich, dass alte Nazi-Funktionäre nach wie vor in der Bundesrepublik Deutschland in fast allen Bereichen der Gesellschaft unwidersprochen weiteragierten, die Beispiele dafür füllen mittlerweile ganze Bände. Es war und bleibt ein großes Verdienst der 68er-Bewegung, dass nun in der breiten Öffentlichkeit Diskussionen geführt wurden, sich Proteste erhoben, Wünsche laut wurden und Fragen gestellt wurden, wie ein besseres Deutschland sein könnte und sollte und auch eine bessere Welt. Das alles widerspiegelt die wundervolle Fotosammlung Bernard Larssons, das widerspiegeln auch die Texte der Zeitzeuginnen und Zeitzeugen. Hier sind Anregungen versammelt, die uns in die Vergangenheit, Gegenwart und Zukunft blicken lassen können. Und auch zum Nachdenken bringen können. Welches Leben, welches Mit- oder Gegeneinander wollen wir? Heute? Morgen? Wie stehen wir zur immer wiederkehrenden Frage Krieg oder Frieden? Zu sozialen Fragen? Zur ökonomischen Teilhabe? Ich würde mich freuen, wenn wir die Diskussion darüber bereichern können. Mein Dank gebührt Bernard Larsson für die vorliegende einzigartige Auswahl von Bildern und allen, die initiativ und kreativ an der Entstehung dieses Buches beteiligt sind, allen die ihre Texte eingebracht haben ebenso wie Julia Berlin, Marcelo Marques, Gabriele Swiderski, Carla Swiderski und dem ganzen GOYA-Team. Mein ganz persönlicher Wunsch – John Lennon schrieb und sang es im 68er-Folgejahr: Give peace a chance! Und unser aller Zukunft, wie soll sie sein? Vielleicht so: Seien wir realistisch, versuchen wir das Unmögliche?

Ulrich Maske

Widmung

Meine Fotoarbeit ist den Studenten der Freien Universität Berlin gewidmet, die 1966 und 1967 aus Sorge um die Demokratie den Mut hatten, auf die Straße zu gehen und zu demonstrieren. Und sie ist Lukas gewidmet, dem Sohn des von der Polizei erschossenen Studenten Benno Ohnesorg.

Danken möchte ich meinem Freund Thomas Neumann, der sich von meinen Fotografien aus Ost- und Westberlin 1961 bis 1964 so angesprochen fühlte, dass er Fotografie zum Gegenstand seiner soziologischen Forschung machte und bereits 1966 seine Sozialgeschichte der Photographie veröffentlichte. Ich danke seinem Bruder Nico Neumann und Bernward Vesper vom Voltaire Verlag, die meine Anregung sofort aufgriffen, eine Dokumentation über die Ereignisse an der FU unter der Verwendung meiner Fotos herauszugeben.

Die Fotos wären längst in Vergessenheit geraten, wenn sie nicht Prof. Dr. Hubertus Gassner in einer großen Ausstellung 1998 im Haus der Kunst München gezeigt hätte. Danach folgten Ausstellungen in Bonn und Berlin. Ein besonderer Glücksfall war schließlich der Hinweis 2021 von Katrin Heise, Deutschlandfunk Kultur, auf das Fehlen einer eigenständigen Publikation dieser Aufnahmen. Gehör fand ihr Aufruf bei Carla Swiderski und Ulrich Maske vom GOYA Verlag!

Ihnen allen meinen herzlichen Dank!
Bernard Larsson

WIR FORDERN
VERITAS
IUSTITIA
LIBER-
TAS
GEBILDET!
STUD.
EX
WIR FORDERN
STUDIEN REFORM
STATT
STUDENTEN REFORM
STUDENTEN
IN
GREMIEN
RUHE &

FÜR EINE DEMOKRAT
ELITE TUT NOT
KEINE ZENSUR für POLITISCHE VERANSTALTUNG
DIE GROSSEN von MORGEN aus der ZWERGSCHULE von GESTERN HEUTE
WIR FORDERN VERITAS IUSTITIA LIBERTAS statt ZWANGSANSTALT

Sit-in an der FU

Am 22. Juni 1966 setzten sich um 15 Uhr 3.500 Studierende nach amerikanischem Sit-in-Muster in den Staub des Campus der FU Berlin. Nach zehnstündiger Diskussion verabschiedeten sie eine Resolution, deren Forderungen an den Akademischen Senat eine Präambel vorausging, die die Vorgänge an der FU wie die in der Gesellschaft als einen Konflikt definierte, »dessen Zentralgegenstand weder längeres Studium noch mehr Urlaub ist, sondern der Abbau oligarchischer Herrschaft und die Verwirklichung demokratischer Freiheit in allen gesellschaftlichen Bereichen.«

S. 8/9
Sit-in der Student*innen der FU auf ihrem Campus, Redner der 1. AStA-Vorsitzende Knut Nevermann

Links
Im Foyer des Henry-Ford-Baus, am Mikrofon Knut Nevermann

Heinrich Hannover

Verschwiegene Geschichte

Bei Gesprächen mit jungen Menschen ist mir immer wieder aufgefallen, dass nur geringe Kenntnisse über die historische Entwicklung nach dem Ende des 2. Weltkrieges vorhanden sind. Bezeichnend für diese Wissenslücke sind die in einer Sondernummer der *ZEIT* (April 2005) veröffentlichten Antworten junger Autoren, die für ein vom Landestheater Tübingen veranstaltetes Festival Stücke über das Ende des 2. Weltkrieges geschrieben hatten, also über ein gewisses Maß von Geschichtskenntnissen verfügen sollten. Der eine sagte:

»Nach 1945 kommt für mich ganz schnell der Mauerbau. Dazwischen ist wenig ...«

Oder ein anderer:

»Ich denke bei 1945 auch sofort an 1968, weil mein Blick aufs ›Dritte Reich‹ extrem geprägt ist durch die 68er-Generation, vor allem durch unsere Lehrer. Zwischen heute und 1945 ist dann vielleicht nur noch der Mauerfall. So verdichtet sich für mich deutsche Geschichte.«

Also Mauerbau und Mauerfall als herausragende Ereignisse zwischen 1945 und 2005, das ist ein bisschen wenig. Es reicht nicht aus, um zu verstehen, wie es zu der meist als ›Studentenbewegung‹ bezeichneten sozialrevolutionären Bewegung der 60er Jahre kommen konnte, die mit der Erschießung von Benno Ohnesorg am 2. Juni 1967 einen Höhepunkt staatlichen Terrors erreichte. Und es reicht erst recht nicht aus, um zu verstehen, dass wir heute in einem Deutschland leben, von dessen Boden wieder Krieg ausgehen kann.

Die Jahre nach dem Ende des 2. Weltkrieges waren eine Zeit, die mit großen Hoffnungen begann. »Nie wieder Krieg! Nie wieder Faschismus!« Das war die Erkenntnis, die sich in der ersten Nachkriegszeit bildete. Die Menschen hatten die Realität des Krieges unmittelbar erlebt, viele hatten Angehörige verloren, lebten in zerstörten Städten und hatten die Nase voll vom Krieg und seinen Machern. Damals erhielten Menschen das Wort, die die Zeit des Hitler-Faschismus in der Emigration oder in Konzentrationslagern und Gefängnissen überlebt hatten. Und es entsprach einer damals mehrheitsfähigen Kollektivmeinung, wenn nicht nur Kommunisten, sondern auch Sprecher der SPD und CDU das kapitalistische Wirtschaftssystem für Faschismus und Krieg verantwortlich machten und für die Abschaffung der kapitalistischen Ausbeutung und die Überführung der Produktionsmittel in gesellschaftliches Eigentum plädierten.

Kurt Schumacher, Vorsitzender der SPD, sagte 1945 bei einer Rede in Kiel:

»Auf der Tagesordnung steht heute als der entscheidende Punkt die Abschaffung der kapitalistischen Ausbeutung und die Überführung der Produktionsmittel aus der Hand der großen Besitzenden in gesellschaftliches Eigentum, die Lenkung der gesamten Wirtschaft nicht nach privaten Profitinteressen, sondern nach Grundsätzen volkswirtschaftlich notwendiger Planung.«

Und in einem Aufsatz schrieb Schumacher damals auch diese Wahrheit nieder:

Solange es in Deutschland möglich ist, dass sich große Vermögen in der Hand verantwortungsloser Privater sammeln, ist die Demokratie in Deutschland nicht gesichert ... Kapitalismus und Demokratie (können) in diesem Lande nicht nebeneinander existieren.
Selbst in der rheinischen CDU, deren Vorsitzender damals Konrad Adenauer war, dämmerte die Erkenntnis, dass eine Welt ohne Krieg nur möglich ist, wenn die Profiteure der Rüstungsindustrie entmachtet werden. Ich zitiere aus dem Ahlener Parteiprogramm von 1947: »Das kapitalistische Wirtschaftssystem ist den staatlichen und sozialen Lebensinteressen des deutschen Volkes nicht gerecht geworden. Nach dem furchtbaren politischen, wirtschaftlichen und sozialen Zusammenbruch als Folge einer verbrecherischen Machtpolitik kann nur eine Neuordnung von Grund auf erfolgen.
Inhalt und Ziel dieser sozialen und wirtschaftlichen Neuordnung kann nicht mehr das kapitalistische Gewinn- und Machtstreben, sondern nur das Wohlergehen unseres Volkes sein. Durch eine gemeinschaftliche Ordnung soll das deutsche Volk eine Wirtschafts- und Sozialverfassung erhalten, die dem Recht und der Würde des Menschen entspricht, dem geistigen und materiellen Aufbau unseres Volkes dient und den inneren und äußeren Frieden sichert.«
Dieser damals in der Bevölkerung herrschenden Stimmung entsprach es, dass mehrere Länderparlamente, sogar solche, in denen CDU und FDP die Mehrheit bildeten, Sozialisierungsartikel in die Landesverfassungen aufnahmen. Selbst das Grundgesetz für die Bundesrepublik Deutschland von 1949 erhielt noch einen Sozialisierungsartikel, den heute fast vergessenen Artikel 15, der da lautet:
»Grund und Boden, Naturschätze und Produktionsmittel können zum Zwecke der Vergesellschaftung durch ein Gesetz, das Art und Ausmaß der Entschädigung regelt, in Gemeineigentum oder in andere Formen der Gemeinwirtschaft überführt werden.«

Aber schon bald wehte der Wind wieder aus anderer Richtung. Der Wind kam aus den USA, deren Rüstungsinteressenten den bisherigen Verbündeten, die sozialistische Sowjetunion, die ungeheure Menschenopfer bei der Niederringung des Hitler-Faschismus hatte bringen müssen, als neuen Feind ausgemacht hatten. Und so wurde die deutsche Wiedervereinigung auf die lange Bank geschoben und 1949 ein deutscher Teilstaat unter dem Namen Bundesrepublik Deutschland gegründet, der, wie einst das gerade eingegangene Hitler-Reich, die Rolle eines Bollwerks der kapitalistisch organisierten Welt gegen den Bolschewismus zu spielen hatte. Nachdem schon 1948 eine eigene Währung, die berühmte D-Mark, eingeführt worden war und die deutsche Teilung vertieft hatte.

Die meist als Studentenbewegung verkleinerte Unruhe der 60er Jahre entwickelte sich über die Köpfe einer informierten Bevölkerungsminderheit, und die war in der Tat an den Universitäten konzentriert. Wie schwer gesellschafts- und herrschaftskritische Erkenntnisse über die Köpfe zu vermitteln sind, wussten schon Karl Marx und Friedrich Engels. Ende der 60er Jahre haben die von den intellektuellen Wortführern der Außerparlamentarischen Opposition entwickelten, auf revolutionäre Veränderung der gesellschaftlichen Machtverhältnisse gerichteten Ideen die Massen nicht ergriffen, so dass sie nicht zur materiellen Gewalt wurden. Was nicht nur an der von den herrschenden Medien angerichteten Volksverdummung, sondern auch daran gelegen haben dürfte, dass die Bevölkerungsschichten, in deren Interesse die Veränderung durchgesetzt werden sollte, an einer Änderung der Verhältnisse materiell nicht interessiert waren. Solange sich ihre Lage dank der wirtschaftlichen Konjunktur von Jahr zu Jahr verbesserte, fühlten sie sich relativ sicher und erlagen Illusionen über den wahren Charakter des Kapitalismus.

Rektor Prof. Lieber und Mitglieder des Akademischen Senats kommen zum Sit-in, der Rektor beantwortet keine konkreten Fragen der Student*innen

Student*innen diskutieren und fordern die Abschaffung der Zwangsexmatrikulation und die Zurücknahme der »Richtlinien für die Vergabe von Räumen«, die ein Verbot politischer Veranstaltungen vorsehen

Feuermelder
WIEDER MILITÄRBASE
ZERSTÖRT....
SCHULE
AMISRAUS
DENKTAN
morgen

Wittenbergplatz. Zusammen mit sechs Studierenden- und Jugendverbänden nutzte die Kampagne für Abrüstung den »Tag der Menschenrechte« (10. Dezember) zu einer Vietnam-Demonstration

Vietnamkrieg

Vietnam war von 1887 bis 1954 französische Kolonie, jedoch war Frankreich im Zuge des Zweiten Weltkriegs durch die japanische Besetzung der Kolonie vorübergehend entmachtet worden. Die Viet Minh nutzten dies für die Machtübernahme im Norden des Landes. Sie verfolgten das Ziel eines unabhängigen und kommunistischen Vietnams und lehnten sich gegen die Kolonialmacht auf, während diese versuchte, den alten Status ihrer Kolonie wiederherzustellen. Zwischen 1946 und 1954 kam es so zum Indochina-Krieg, der durch die Schlacht bei Dien Bien Phu am 7. Mai 1954 beendet und von den Aufständischen gewonnen wurde. An der darauffolgenden Indochinakonferenz im selben Jahr in Genf nahmen Frankreich und die Demokratische Republik Vietnam sowie China, Großbritannien, die USA, die Sowjetunion, Südvietnam, Laos und Kambodscha teil. Vietnam wurde in Nord- und Südvietnam aufgeteilt: Im Norden herrschten die Kommunist*innen unter der Führung von Hô Chí Minh, unterstützt von China und der Sowjetunion, im Süden bestimmten von nun an die USA die Politik.

Laut der United States Navy sollen im August 1964 nordvietnamesische Patrouillenboote im Golf von Tonkin den US-Zerstörer *Maddox* an der Küste Nordvietnams ohne Anlass mit Torpedos beschossen haben. Damit begründete die US-Regierung ihr direktes Eingreifen und legalisierte so alle Kriegsmaßnahmen der USA zwischen 1965 und 1973. Ab den 1960er Jahren war umstritten, ob diese Angriffe tatsächlich stattgefunden hatten; seit den 1980er Jahren ist erwiesen, dass im August 1964 kein Angriff auf US-Kriegsschiffe erfolgt ist. Die bewusste Falschdarstellung wurde dazu genutzt, die seit 1963 geplanten Kriegseintrittspläne in die Tat umzusetzen. Kurze Zeit später flogen die USA erste Luftangriffe gegen Nordvietnam und der US-Präsident Lyndon B. Johnson rief zur Unterstützung Südvietnams auf, auch unter Anwendung bewaffneter Gewalt. Im Frühling 1965 wurde aus dem schwelenden Bürgerkrieg schließlich ein US-amerikanischer Stellvertreterkrieg im Zeichen des Kalten Kriegs. Mit der Operation *Rolling Thunder* begann im März 1965 die systematische Bombardierung Nordvietnams durch die USA und es landeten 3.500 US-Marines in Dà Nâng. Während des Vietnamkriegs waren etwa 2,7 Millionen US-amerikanische Soldaten in Vietnam stationiert, davon 1,6 Millionen im Kampfeinsatz. Das System war ungerecht – theoretisch konnte man sich aus dem Militärdienst freikaufen. Die US-Soldaten, die in Vietnam kämpften und starben, waren daher überproportional arm, schlecht gebildet, Schwarz und vor allem jung. Über 60 % von ihnen starben im Alter von 18 bis 21 Jahren, das Durchschnittsalter der US-Truppe lag bei 19. Der Krieg forderte auf allen Seiten viele Opfer. Bis zu 627.000 vietnamesische Zivilist*innen wurden getötet, hunderttausende verletzt, verstümmelt, vergewaltigt. 60.000 US-Soldaten wurden getötet, mehr als 300.000 verletzt. 255.000 südvietnamesische und eine Million nordvietnamesische Soldaten starben. Hunderttausende Soldaten litten in der Folge unter einer Posttraumatischen Belastungsstörung, wurden obdachlos oder drogenabhängig oder begingen Suizid.

Während des Vietnamkriegs warfen die USA viermal so viele Bomben ab wie während des gesamten Zweiten Weltkriegs, und es wurden 50 Millionen Liter des hochgiftigen Agent Orange zur Entlaubung der Wälder versprüht – mit Auswirkungen auf Menschen und Natur bis heute. Agent Orange ist ein hochgiftiges Herbizid, das Schäden am Erbgut, Fehlbildungen von Föten und

Fehlgeburten verursacht. Außerdem ist es hochgradig umweltschädigend: 3.000 vietnamesische Dörfer wurden kontaminiert und etwa 24.000 Quadratkilometer dauerhaft vergiftet. Agent Orange wurde unter anderem von den US-Unternehmen Dow Chemical und Mobay, einem Gemeinschaftsunternehmen von Monsanto und der Bayer AG, hergestellt. Da es aufgrund des hohen Bedarfs zu Lieferengpässen kam, wurden auch Zwischenprodukte von der deutschen Firma Boehringer Ingelheim geliefert.

Die sogenannte *Tet-Offensive*, eine Reihe offensiver militärischer Operationen Nordvietnams zwischen dem 30. Januar und dem 25. Februar 1968, markierte das Ende von Johnsons Krieg, der aufgrund des verlorenen Glaubens der US-amerikanischen Öffentlichkeit an den Sieg sowie seiner eingebüßten Glaubwürdigkeit auf einen Wiederantritt bei der nächsten Wahl verzichtete. Sein Nachfolger Richard Nixon gewann die Wahl mit dem Versprechen, den Vietnamkrieg zu beenden. Im Juli 1969 verkündete Nixon den Abzug der US-Truppen, 1973 unterzeichneten US-Außenminister William P. Rogers und sein nordvietnamesischer Kollege Nguyen Duy Trinh ein Abkommen über die Beendigung des Krieges. Während der Krieg für die USA nun offiziell vorbei war, ging er für die Vietnames*innen jedoch mit unverminderter Härte weiter, bis das kommunistische Nordvietnam den Krieg gegen den Süden 1975 endgültig gewann. Nach der gewaltsamen Wiedervereinigung wurden Menschen, die die Republik Vietnam unterstützt hatten, in Umerziehungslager gebracht oder in »Neue Ökonomische Zonen« umgesiedelt, wo sie zum Teil Zwangsarbeit verrichten mussten. 165.000 Menschen starben in diesen Lagern, etwa 200.000 Südvietnames*innen wurden hingerichtet. Mehr als 1,6 Millionen Vietnames*innen versuchten, per Boot über das Südchinesische Meer zu fliehen. Diese sogenannten »boat people« ließen häufig ihr Leben bei der Flucht.

Dieter Süverkrüp

Lied (1966)

Wenn dieser Morgen kommt und dieser Tag
da wird ein Lachen sein
ein großes Lachen sein
jedoch viel Zorn noch übrig

Wenn dieser Morgen kommt und dieser Sieg
wird große Arbeit sein
im abgebrannten Land
doch es gehört dem Volke

Wenn dieser Morgen kommt in Vietnam
wird manches andre Volk
nach seinem Herren sehn
ist großer Zorn noch übrig

Auf der Schlusskundgebung auf dem Wittenbergplatz wird die Forderung nach neuen Organisationsformen einer Außerparlamentarischen Opposition (APO) laut

Lied vom Tod (1966)

Es hat der Tod ein glatt' Gesicht
und trinkt Champagnerwein.
Sein Haus ist groß und fensterlos.
Du siehst ihm nicht hinein
und kriegst ihn nicht ans Telefon;
es kommt sein Prokurist,
weil er zur Winterblumenzeit,
wenn's schlecht in unsern Städten schneit,
wohl in Sankt Moritz ist.

Doch jeden Dienstag halberzehn
verbeugt sich der Chauffeur.
Dann fährt der Tod ins Eisenwerk.
Sein Atem geht ihm schwer.
Und wenn er durch das Werktor tritt,
verbeugt sich mancher Mann,
dieweil ein Wort so manchen Mann
zur Nacht ans Weinen bringen kann
und Frau und Kinder mit.

Es hat der Tod ein' Anzug an
von schlichter Eleganz.
Das nimmt dem vorgewölbten Bauch
ein Stückchen Eklatanz.
Es trägt der Tod die Ef-A-Zet,
darin versteckt er Bild.
Und liest etwas vom Zug der Zeit
zur »kleinen Arbeitslosigkeit«
und grinst so wundermild.

Es geht der Tod am Nachmittag
in seinen Aufsichtsrat
und referiert, wie das Geschäft
sich fortentwickelt hat:
Das Kugelbombenteilprodukt
bringt unerwartet viel.
Zwar: Kurbelwellen etwas schwer,
doch: Schnellfeuer- und Sturmgewehr
erfreulich und stabil.

Es ist der Tod sentimental,
gönnt jedermann sein Bier.
Und für den Frieden dieser Welt
ist er genau wie wir.
Auch ist er für die Freiheit auch,
sofern man sie beschützt,
weil, wenn man Kriege vorbereit',
das nebenbei und allezeit
des Todes Aktien nützt.

Es ist der Tod auch für den Fall
juristisch präpariert,
dass dermaleinst im ganzen Land
ein großer Streik passiert.
Er gibt mit gnadenreichem Blick
dir täglich Lohn und Brot,
doch gehst du wider seinen Strich,
indem du aufmuckst, hat er dich
doch lieber tot als rot.

Wittenbergplatz
Frage an US-Präsident
Lyndon B. Johnson

HOW MANY BABIES DID YOU KILL TODAY, LBJ?
Damals Hitler

Demonstrant hält ein Foto von Opfern amerikanischer Angriffe auf Vietnam vor die Kamera eines Fernsehteams und fordert ein internationales Kriegsverbrechertribunal

Ulla Hahn

Nie wieder

Für *Spiel der Zeit*, den dritten Band meiner autobiografisch basierten Romantetralogie, gaben Fotos, auch die von Bernard Larsson, wichtige Impulse. Ja, mit einigen der Fotos hätte man diesen Roman illustrieren können.

Da sind die Fotos, die Demonstrierende gegen den Krieg in Vietnam mit sich tragen. Fotos, die eine Frau mit der von Napalm verbrannten Leiche eines Kindes zeigen. Plakate, die den Präsidenten der USA fragen: »How many babies did you kill today, LBJ?« Fotos, die sicher nicht nur damals vor etwa zwanzig Jahren, als ich dieses Buch schrieb, in meinen Erinnerungen geradezu einen Bildersturm auslösten. Die Vergangenheit und die Bilder um den Lärm der Zeit ergänzten. »Ho Ho Ho Chi Minh«, schallte es aus den Fotos, aus den Plakaten gegen den Krieg, brüllten Polizeisirenen, hallten unsere flüchtenden Absätze auf dem Asphalt, dröhnte die entsetzte Stille aus dem Foto des toten Benno Ohnesorg: die Ikone unter den Fotos von Bernard Larsson. Wer ist nicht auch heute noch erschüttert von diesem ins Foto gebannten, sozusagen verewigten, zufälligen Paar: die junge festlich gekleidete Frau mit dem prächtigen Ohrring, die sich über den jungen Mann beugt, der zu ihren Füßen liegt, im Sterben liegt, den Kopf in einer Blutlache; dahinter deutlich lesbar das Nummernschild eines PKW, ein Männerkörper bis zur Brust in dunklem Anzug mit Krawatte, alles Nebensache. Allein dieses Paar bleibt unvergesslich. Wie die Zeit damals. Es war uns ernst mit unserem Nein zum Krieg in Vietnam, unserem Protest gegen die USA und den Schah. Wenig später gegen die Erschießung Rudi Dutschkes. Gegen die Notstandsgesetze. Doch lebten wir nicht in einer freiheitlich-demokratischen Republik? Sicher, wachsam musste man bleiben, der Schoß, aus dem dies kroch, war fruchtbar noch und würde es bleiben, doch genau, um dies zu verhindern, dazu waren wir, die Nachgeborenen, ja da, auch dazu studierten wir Germanistik, Geschichte und Soziologie; aus der Geschichte lernen wollten wir, mitwirken an einem lebenslangen Nie wieder. So zu lesen in *Spiel der Zeit* nach dem Schuss auf Benno Ohnesorg am 2. Juni 1967.

Fotos wie die von Bernard Larsson halten den Augenblick an, verleihen ihm Dauer. Sie öffnen den Blick in die Vergangenheit, konfrontieren ihn mit der Gegenwart und lenken ihn in die Zukunft. »Nie wieder Krieg!« Darin waren wir uns vor 55 Jahren einig. Wir hatten aus der Geschichte gelernt. Glaubten wir. Sicher. Und heute? Wo bleibt unser Protest gegen den Krieg in Europa, gegen Kriege überhaupt? Was haben wir, was haben unsere verantwortlichen Politiker »aus der Geschichte gelernt«? Wo bleiben die Demonstrationen für den Weg der Vernunft und der Verhandlungen, den Weg zur Entspannung und zum Frieden?

Das Klima schützen wollen wir. Und uns Menschen? Wann hört das Blutvergießen auf?

Doris Stoisser

Von der verlorenen Macht der Bilder

Ho Chi Minh City War Remnants Museum: Im Innenhof unter hohen Bäumen fotografieren Besucher zerstörte Helikopter, verbrannte Panzer und andere bizarre Hinterlassenschaften der französischen und der US-amerikanischen Truppen bei ihrem Abzug. Vietnam war nach Jahrzehnten im Krieg zerstört, vermint, von Napalm und Dioxin vergiftet, aber ungeteilt, kommunistisch und vor allem unbesiegt. Schwer erträgliche Zeugnisse dieser Kriege sind hier im Museum versammelt. In der obersten Etage herrscht plötzlich Ruhe und Gedenken. *Requiem* ist der Titel des Projekts, das Tim Page und Horst Faas, selbst zwei der bedeutendsten Kriegsfotografen, gegründet haben. Die Ausstellung und ein umfangreiches Katalogbuch erzählen von 135 ihrer Kollegen[1], die in Ausübung ihres Berufs getötet wurden. Im Halbdunkel des Saales steht man angestrahlten Bildern gegenüber, folgt gleichsam der Richtung der Kamera. Viele dieser Fotos gingen um die Welt, sind in ihrer Unmittelbarkeit Teil des kollektiven Gedächtnisses, wir erkennen sie wieder.

Der Erste in der Reihe ist Robert Capa: Am 25. Mai 1954 fotografiert er für die Illustrierte *LIFE* Soldaten in einem Kornfeld, als er von einer Tretmine getötet wird. »If your pictures aren't good enough, you were not close enough.« Das ist Capas oft zitierte goldene Regel. All die Fotografen, deren Nachrufe wir hier lesen, waren nahe genug. Packende Berichte könnte man notfalls auch aus der Distanz schreiben, gute Bilder aber brauchen die unmittelbare Nähe. Von den mehr als fünftausend Journalisten, die im Laufe der Jahre in Vietnam über die Kriegshandlungen berichten, arbeitet etwa ein Drittel unmittelbar an der Front. Im vordigitalen Zeitalter ist die Schwarz-Weiß-Fotografie das wichtigste Medium, während das Fernsehen erst langsam an Bedeutung gewinnt. Die neuesten Leicas und Nikons sind handliche Kameras, aber auch sie leiden unter dem extremen Klima, unter Hitze und Feuchtigkeit, dazu kommt die beständige Sorge, ob die Filmvorräte ausreichen. Die Berichterstatter können sich in diesem Krieg frei und ungehindert bewegen, sie mieten Fahrzeuge oder ziehen mit den GIs unter den gleichen, unvorstellbar harten Bedingungen durch den dichten Dschungel, waten durch Flüsse und Sümpfe, ziehen durch brennende Dörfer. Sie folgen den Spuren der Massaker (Stichwort My Lei), mit wachsender Anteilnahme dokumentieren sie Kriegsverbrechen und die Leiden der Zivilbevölkerung. Sie zeigen etwa, wie getötete Vietnamesen, gleichsam wie Wild nach einer Treibjagd, zum »body count« nebeneinander aufgereiht werden. Die Fotos zeigen aber auch verwundete GIs mit schmutzigen Verbänden im Schlamm liegend, andere betend

[1] Es waren ausschließlich Männer.

neben ihren Toten. Das Durchschnittsalter der Soldaten ist um die zwanzig Jahre, die Berichterstatter sind kaum älter und den gleichen tödlichen Gefahren ausgesetzt. Auf Portraits der Fotografen in der Ausstellung sehen die jungen Männer müde und gealtert aus, eindrucksvoll der weltbekannte Larry Burrows auf einem Bild, das ihn wenige Tage vor seinem Tod zeigt.

Zur Erinnerung: Der erste Indochinakrieg, der mit der Niederlage der Franzosen bei Dien Bien Phu endet, hinterlässt 1954 ein geteiltes Vietnam. Die USA unterstützen mit dem ewig gleichen Slogan – dass dem Kommunismus Einhalt geboten werden müsse – das korrupte südvietnamesische Regime. Anfangs liefern die USA nur Berater und Kriegsmaterial, in der Eskalationsspirale wird Nordvietnam bombardiert, dann folgen Bodentruppen. In den Neunzehnsechzigerjahren kämpfen mehr als eine halbe Million US-Soldaten mit immer verheerenderen Waffen, mit Napalm und Agent Orange auf vietnamesischem Boden. Die Fotografen liefern jene Bilder, die auf den Titelseiten auflagenstarker Magazine wie *LIFE*, *Paris Match* oder *Stern*, den Tageszeitungen und zunehmend auch in den Fernsehnachrichten immer mehr Menschen erreichen und weltweite Proteste auslösen.

Tim Page, der Initiator von *Requiem*, wird mit seiner Tollkühnheit zum Vorbild für den von Dennis Hopper gespielten Fotografen in dem Antikriegsfilm *Apocalypse Now*. Er überlebt viermal lebensgefährliche Verwundungen. Nach Kriegsende kehrt er immer wieder nach Vietnam zurück, sammelt Material für die Biografien seiner Kollegen und sucht nach Hinweisen auf Verschollene. Ihre Schicksale sollen für die Nachwelt festgehalten und ihre Verdienste gewürdigt werden. *Requiem* ist nicht sein einziges derartiges Projekt, er dokumentiert auch in *Vietnam's Unseen War* bis dahin unveröffentlichte Bilder seiner nordvietnamesischen Kollegen. Tim Page zählt mit vielen herausragenden Bildreportagen und seinem humanitären Engagement zu den »100 bedeutendsten Fotografen der Welt«, als er 2022 stirbt. Die Fotojournalisten haben im Vietnamkrieg bewiesen, welche Macht Bilder entfalten, wenn sie inmitten des Geschehens aufgenommen werden und der Welt die harte Wahrheit des Krieges drastisch vor Augen führen. Die US-Bürger und mit ihnen die ganze Welt wurden auf diese Weise Zeitzeugen der Niederlage bis zum schmachvollen Ende, der Flucht der letzten Amerikaner aus dem gefallenen Saigon. Die USA aber hören danach nicht auf, desaströse Kriege zu führen, sie sorgen lediglich nach den Erfahrungen in Vietnam dafür, dass es keine derart machtvollen Bilder mehr gibt. Niemand sollte je wieder »close enough« sein.

Mit dem Abbrennen der Gipsköpfe von Johnson und Ulbricht wollen die Kommunard*innen ein Fanal setzen

Unten
Bushaltestelle Tauentzienstrasse

Gregor Gysi

Horizonte der Zukunft

Die Bilder der Westberliner Proteste haben sich tief in mein Bewusstsein eingegraben. Das Rebellische, was quasi vor meiner Haustür stattfand, auch wenn es durch die Mauer weit weg schien, hatte etwas Bewegendes und zugleich auch Verstörendes. Die Unbedingtheit der Forderungen der Protestierenden, die Bereitschaft zu übermäßiger Gewalt auf Seiten der Polizei machten deutlich, wie tiefgreifend die Widersprüche in der gesellschaftlichen Entwicklung der alten Bundesrepublik waren. In gewisser Hinsicht wiederholte sich dies 20 Jahre später dann in der DDR.

Das Aufbegehren der 68er-Bewegung hat die alte Bundesrepublik tiefgreifend verändert. Außenpolitisch wurde mit dem endgültigen Bruch mit der Nazi-Zeit letztlich Brandts neue Ost-Politik ermöglicht und so auch ein Keim für die spätere deutsche Einheit gelegt. Innenpolitisch wurde eine tradierte und zunehmend in erstarrten Rollenbildern befangene Gesellschaft doch ziemlich radikal geöffnet. Beides prägt das Bild Deutschlands bis heute. Gerade vor dem Hintergrund konservativer Versuche eines Rollbacks in Bezug auf die 68er sollten wir uns dies ins Bewusstsein rufen.

Zugleich halte ich es für überlegenswert, die aktuellen Klimaproteste in ihren verschiedenen Formen auch vor dem Hintergrund der 68er-Bewegung zu betrachten. Es geht den Protestierenden heute darum, dass die Möglichkeiten und Horizonte der Zukunft aus ihrer Perspektive betrachtet und aktuelle Entscheidungen entsprechend getroffen werden müssen. Wenn wir über unsere persönliche wie die gesellschaftliche Reaktion auf diesen Protest nachdenken, steht zumindest die Frage, inwieweit wir aus dem Umgang mit den 68er-Protesten gelernt und gesellschaftliche Dialogformen gefunden haben oder doch wieder nur zu drakonischen Maßnahmen greifen, die vielleicht den Protest unterbinden oder radikalisieren, aber dessen Ursachen gerade nicht angehen.

Auch deshalb halten uns die Bilder von damals einen Spiegel vor. Wir müssen nur bereit sein, in diesen Spiegel zu schauen, um zu erkennen, dass gesellschaftliche Entwicklung entgegen allem Beharrungswillen nie an ein Ende kommt und immer wieder das Engagement von Menschen braucht, um notwendige Veränderungen zu ermöglichen.

ein Freund der
USA
ist heut ihr
Kritiker
RFÜMERIE
Wo bleiben Freie
Wahlen für Vietnam?
sie werden erstickt
in Gas und Napalm!
1945 HIROSHIMA
1966 NORD-
VIETNAM
VIETNAM als
EXERZIERFELD
FÜR
LATEINAMERIKA

Herr Außenminister Brandt! Geben Sie Ihre Meinung über Vietnam bekannt
WIR FORDERN:
AMIS RAUS AUS VIETNAM!
NÜRNBERG
FORD
AUTO-FROMM

Demonstrationszug Ecke Lietzenburger/Nürnberger Straße. Die Polizei gab den Demonstrant*innen keine Genehmigung für den belebten Kurfürstendamm, sondern nur für diese unbelebten Straßen in Kreuzberg

Wo bleiben Freie
Wahlen für Vietnam?
sie werden erstickt
in Gas und Napalm!

Spaziergangdemo

Die Proteste des AStA gegen das Vorgehen der Polizei fanden bei den zuständigen Stellen kein Gehör. Der Bürgermeister Berlins billigte ausdrücklich die Polizei-Praxis. Daraufhin beschlossen die betroffenen Student*-innen, Arbeiter*innen und Schüler*innen, am Vorabend des dritten Advents (17. Dezember 1966) eine Demonstration neuen Stils durchzuführen. Auf Flugblättern legten sie ihre Taktik dar: »Um uns nicht zusammenschlagen zu lassen, um nicht die hilflosen Objekte der Aggressivität junger Leute in Polizeiuniform zu sein, demonstrieren wir nicht in der alten Form, sondern in Gruppen als Spaziergänger. Wir treffen uns an vorher bestimmten Punkten, um uns beim Nahen der Freunde von der Polizei zu zerstreuen und an einem anderen Ort wieder aufzutauchen.« Durch Spaß sollte gezeigt werden, »dass die Vor- und Leitbilder dieser Gesellschaft Narren sind«.

»Keinerlei Keilerei mit der Polizei« war die Parole und: »Kommt die Polizei vorbei, gehen wir an ihr vorbei, an der nächsten Ecke dann fängt das Spiel von vorne an.« Die Polizei machte nicht mit. Es war mitunter schwer, harmlose Passant*innen und SDS-Demonstrant*innen auseinanderzuhalten, daher beförderte die Grüne Minna auch Kinder, Hausfrauen, Rentner*innen und Redakteur*innen ins Gefängnis.

Klaus-Peter Wolf

Ich habe '68 als Befreiung erlebt

Die Nachkriegsgesellschaft lag wie eine Wolldecke auf den Gesichtern der jungen Menschen. Wir konnten darunter kaum atmen. Es war 1968. Ich war 14. Irgendwo da draußen in den fernen Metropolen rumorte es. Aber auch in Gelsenkirchen, wo ich gerade Klassensprecher und anschließend Schulsprecher geworden war, gab es Lichtblicke.
In der Schule unterrichteten nicht nur Lehrer, die uns, egal, in welchem Unterrichtsfach, erklärten, warum wir den Krieg eigentlich doch gewonnen hatten, sondern Beuysschüler waren da, wie der wunderbare van der Grinten, und schließlich, später, Johannes Stüttgen.

Ich war Redakteur einer Schülerzeitung, die verboten wurde, weil ein Artikel voreheliche Sexualität diskutierte. Wenn ich heute in Schulen auftrete und mit jungen Menschen über diese Zeit rede, dann merke ich, dass sie kaum eine Vorstellung davon haben, wie die Gesellschaft vor den 68ern aussah. Junge Paare konnten keine Wohnung mieten, geschweige denn ein Hotelzimmer, wenn sie nicht verheiratet waren, denn das verstieß gegen den Kuppelei-Paragraphen. Homosexualität war eine verbotene, strafbare Handlung. Das nannten wir Spießermoral.
Erst ab 21 Jahren wurde man volljährig, also wahlberechtigt. Man wurde aber bereits ab 18 zum Bund eingezogen. Wer will für eine Regierung kämpfen, die er nicht wählen darf?
An vielen Schaltstellen in der Gesellschaft saßen alte Nazis, die über Nacht zu Demokraten mutiert waren.

Es gab wahrlich gute Gründe, aufzubegehren. Ich nahm an ersten Demonstrationen teil, war beim Roten Punkt dabei. Wir blockierten die Straßenbahnschienen, um sozialere Fahrpreise durchzusetzen.
Die Polizei rückte an und wir scheuten den Konflikt mit der Staatsmacht nicht.

Rudi Dutschke diskutierte mit dem späteren Bundespräsidenten Johannes Rau in Bochum. Ich verteilte Einladungen zu dieser Diskussion auch im Damenfriseurgeschäft meiner Mutter. Viele ihrer Kundinnen fanden das spannend, hatten aber Angst, es könne zu Straßenschlachten kommen, zu Schlägereien und Verhaftungen.

Meine Mutter rang sich dazu durch, mitzukommen. Als Rudi sprach, sah ich in ihren Augen manchmal dieses Leuchten, als hätte sie eine Erkenntnis oder als würde endlich jemand formulieren, was sie nicht auszusprechen wagte. Zwischendurch klatschten wir ihm gemeinsam Beifall. Ich lernte sie von einer Seite kennen, die sie bis dahin verborgen gehalten hatte. Auch das verdanke ich der 68er-Bewegung.
Später erfuhr ich von ihr, dass unsere Familie Juden versteckt hatte. Darüber war nie gesprochen worden, aus Angst, die Verhältnisse könnten mal wieder umschlagen und man könne dann verhaftet werden.
Ich wollte gern darüber schreiben. Ja, naiv, wie ich war, sogar für unsere verbotene Schülerzeitung. Ich sprach mit ihr und mit meinem Opa. Sie erzählten mir einiges, aber hinter vorgehaltener Hand. Ihre Angst war immer noch zu spüren. Ich musste versprechen, zu schweigen. Ich beschwor sie: »Ihr könnt stolz auf das sein, was ihr getan habt. Ihr seid Helden!« Mein Opa winkte ab: »Wir haben nur versucht, in schlimmen Zeiten anständig zu bleiben.« Er wusste genau, welche Schergen von damals schon wieder Macht als Richter, Staatsanwälte oder Polizisten hatten. Nein, er traute der jungen Bundesrepublik nicht. Er fürchtete, die alten bösen Kräfte könnten bald wieder erstarken.

Mich hat diese Zeit sehr geprägt. Ich begriff, dass es gut ist, für seine Rechte einzustehen und Unrecht zu benennen.
Ich wollte Schriftsteller werden und sammelte meine Erfahrungen. Im Ruhrgebiet lernte ich Arbeiterschriftsteller kennen: Max von der Grün, Josef Büscher und Richard Limpert. Sie machten eine ganz andere Literatur als die, die am Gymnasium im Deutschunterricht besprochen wurde und in unseren Lesebüchern stand. Sie arbeiteten tagsüber unter Tage im Bergbau und schrieben an den Wochenenden oder im Urlaub an ihren Geschichten und Gedichten. Sie thematisierten die Arbeitswelt. Ein Satz von Josef Büscher blieb mir immer in Erinnerung: »Die Demokratie hört am Werktor auf.«
Sie gründeten literarische Werkstätten, in denen wir über unsere Texte diskutierten und gemeinsam an ihnen feilten. Mit dabei war der wunderbare Bibliothekar Hugo Ernst Käufer. Ein Lyriker, dessen Zuspruch ich viel verdanke. Er sammelte die Literatur schreibender Arbeiter und brachte Anthologien heraus. Lesungen fanden bei Streiks statt, Gedichte wurden durch blechern klingende Megafone vorgetragen. Richard Limpert gab mir einen Stapel Flugblätter. Ich sollte sie verteilen. Neben Forderungen nach mehr Lohn und kürzerer Arbeitszeit war dort auch eins seiner Gedichte abgedruckt. »Das«, sagte er, »sind die eigentlichen Literaturpreise.«
Wenn es heute für selbstverständlich gehalten wird, dass schwule Pärchen in der Innenstadt Händchen halten und junge Leute Wohngemeinschaften gründen können, weil kein Vermieter mehr eine Urkunde vom Standesamt verlangt, wenn alleinerziehende Mütter keine »gefallenen Mädchen« mehr sind, dann weiß ich, wir können jetzt ein bisschen freier atmen …

Studierende suchen das Gespräch mit Passant*innen

Dirk Römmer

Da müsste doch mal wieder jemand …

Von Natur aus bin ich ein eher zurückhaltender stiller Mensch, der sich nicht vordrängelt oder dauernd meldet und seine Hand erhebt.
So ist es nicht verwunderlich, dass ich schon früh weglief, wenn ich fremden Menschen, wozu ich auch Nachbarn zählte, die Hand geben sollte, um sie zu begrüßen. Ich lief oft weg und versteckte mich. Um den Preis einer Abreibung, denn das gehörte sich ja nicht. Und was sollten die Leute denken?
In einem Pastorat wuchs ich die ersten Jahre meines Lebens zusammen mit meiner Mutter und vielen anderen auf. Mein Vater war noch im Krieg. Er war aber nur Unteroffizier geworden, mein einer Onkel war Berufssoldat und Spieß gewesen, mein anderer (sie wohnten auch alle mit im Haus) Oberstleutnant. Nach Beendigung des Krieges gab es Flüchtlinge und Einquartierung englischer Besatzer, denen meine Mutter Deutschunterricht erteilte. Gäste, zum Beispiel ehemalige Militärs, die uns in dieser Nachkriegszeit besuchten, musste ich mit ›Tante General‹ und ›Onkel General‹ anreden. Dabei hab ich mir nichts gedacht. Auch nicht, als ich dann in mein Vaterhaus umgesiedelt wurde, denn mein Vater war ›heimgekehrt‹ und benutzte ostpreußische Wörter wie ›Dubs‹ in seiner Sprache. Er sagte regelmäßig ›bissel‹ – womit ich gar nichts anfangen konnte. Aber mach was gegen ostpreußische oder österreichische ›Kriegskameraden‹, mit denen mein Vater Norwegen für Deutschland verteidigt hatte. Dort oben am Fjord war er irgendwie vergessen worden. Ich baute aus Pappe Modelle deutscher Kriegsflugzeuge wie die ME 162 und 109, Stuka, das Passagierflugzeug JU und HE 111 nach, beschwerte mich beim Hersteller darüber, dass am Leitwerk keine Hakenkreuze angebracht waren, denn das sei nicht ›original‹! Aber man antwortete mir, das sei ›eine diffizile‹ Frage. Das musste mir meine Mutter erklären.

Ich springe jetzt ein wenig in die 50er Jahre, in denen ich aufs Gymnasium kam und von Lehrern, die das ›Entnazifizierungs-Laugenbad‹ schadlos überstanden hatten, meine Prägung erhielt. Einer erzählte, anstatt Griechisch oder Latein zu unterrichten, zum Beispiel von der ›weißen Scheune in Kiew‹, wo er sich heldenhaft den Russen entgegengestellt hatte und sogar die Goldene Nahkampfspange verdiente.

Nach meiner Konfirmation 1958 wurde ich Mitglied in der Jungen Gemeinde St. Michael in Bergedorf, wo ich Gemeinschaft fand, die ich als ›Landkind‹ und Fahrschüler in meiner schnöseligen Klasse nicht fand. Morgens wurde ich zum Beispiel manchmal gefragt: »Na, Römmer« (wir redeten einander immer mit Nachnamen an), »hast du wieder Kartoffeln gejätet oder Rüben gehackt?« Ich las viel Brecht, was meiner Mutter, die Lehrerin am Mädchengymnasium nebenan war, große Sorge bereitete. Denn schließlich war die Familie bisher deutsch-national geprägt gewesen. Und er war doch Kommunist! Was sollten die Leute denken?

Bei einer Bundestagswahl riss ich die Plakate der SPD mit Ollenhauer von den Laternenpfählen, weil sie den Eltern ›zu links‹ war und wandte mich der FDP zu, wurde Mitglied, Kreisvorsitzender in meinem Dorf, Bezirksvorsitzender in Bergedorf, Mitglied im Landesvorstand, Deputierter der Behörde für Ernährung und Landwirtschaft und in anderen Gruppierungen der Partei bis nach Bonn. Ritterkreuzträger Erich Mende traf nicht ganz meinen politischen Geschmack, aber mit Thomas Dehler und ähnlichen väterlichen Figuren konnte ich etwas anfangen. In Hamburg regierte die FDP mit der SPD zusammen, im Bund mit der CDU. Das ergab eine gewisse Bandbreite und einen Überblick, wie Politik funktioniert.

Trotz des Drängelns an Rednerpulte und Leitungsämter blieb ich eigentlich ein Hasenherz und Feigling, doch tarnte ich das mit einer großen Klappe. 1962, im Jahr der Hamburger Sturmflut, machte ich Abitur auf und an der schrecklichen Altnazi-Schule. Auch lernte ich jetzt in der Partei in Kursen, wie man politisch redet. Wie man mit Halbwahrheiten und Auslassungen die Wahrheit verdreht und Fehlinformationen erzeugt und sich zu eigen macht. Ein gefährliches Feld. Das führt ja dazu, dass Gesagtes immer und überall nicht so verstanden und befolgt werden darf, wie es geäußert wird.

Obwohl ich gesittet und angepasst mitmarschierte, geschah in meiner Umgebung Unerhörtes: Menschen wachten auf und gingen auf die Straße. Menschen bezogen Stellung. Da gab es ganz früh schon die Proteste gegen die Wiedereinführung der Wehrpflicht, das ganze ›Kalter Krieg-Gefasel‹, gegen das Menschen Stellung bezogen und auf die Straße gingen, da kamen der Schah aus Persien und die Straßenschlachten in Westberlin. In der engeren Umgebung brannte die Aula meiner Schule ab, die Autoritäten in Schule und Unis wurden angezweifelt, Kolonialdenkmäler wurden umgeschubst, Mauern mit Parolen beschmiert, Lehrer verlacht und mit Gegenveranstaltungen provoziert.

In meiner kleinen Stadt gab es auch eine APO mit einem kleineren Dutschke mit Namen Piltz und das AUSS, das ›Aktionszentrum unabhängiger und sozialistischer Schüler‹, wo schön regelmäßig und in guter Tradition Flugblätter erstellt und Aktivitäten in beiden Gymnasien Bergedorfs begleitet oder provoziert wurden. Meine Mutter litt als ältere Kollegin, die schon in bewussten Zeiten paramilitärische Turnveranstaltungen und Absingen gewisser Lieder in der Kinderlandverschickung der Nazis kennengelernt und begleitet hatte, sehr unter dieser Unruhe und konnte die Entwicklung und das revolutionäre Tempo nicht fassen. Sie machte einen gebrochenen Eindruck.

Die Schulbehörde und die staatlichen Instanzen reagierten überwiegend hilflos, aber oppressiv, auf die Ereignisse.

In Bergedorf, wo ich in der Jungen Gemeinde und ihren Gremien aktiv war, hatte der Hamburger Innensenator Helmut Schmidt, der sich 1962 bei der Flut in der Stadt besonders bewährt und hervorgetan hatte, seinen Wahlkreis.
Er ist wegen seiner Prägung als Offizier in der Hitler-Armee immer ein ›law and order‹-Mann gewesen und ist es in seinem langen Leben – in welchem Amt auch immer – geblieben. Ein echter rechter Sozi. Als nun dort in Bergedorf Wahlkampf geführt werden musste, fuhren Wasserwerfer auf, um Veranstaltungen mit Schmidt-Schnauze zu schützen, denn (wie es inzwischen überall im Land gang und gäbe war) die Veranstaltungen sollten massiv gestört werden.
Man hatte die Bilder aus Berlin vor Augen: die Klopperei, das Rumgespritze mit den Wasserkanonen. Und manchmal war ja auch einer oder eine kaputt gemacht worden. Später erfand man das schöne Wort ›Kollateralschaden‹.
Ich war damals dabei im Getümmel, freute mich darüber, dass Wasserwerfer umgeworfen und Polizeiwagen zerstört wurden. Aber ich schaute von außen, vom Rand, auf das Geschehen.
Mitten in diesen wilden Jahren schloss ich mein Studium ab und heiratete. Als Vikar übernahm ich ein Amt in einer Gemeinde und konnte mich in die Parteiarbeit auch nicht mehr so umfassend einbringen. Als die FDP das ›Kirchenpapier‹ mit dem Vorschlag zur Trennung von Staat und Kirche beschloss, trat ich aus der Partei aus und legte alle Ämter nieder.

Ich verdanke diesen Jahren meine eigene Befreiung von Duckmäusertum und Schisshaserei, von ›Angst des Torwarts vorm Elfmeter‹.

Neben meiner umfangreichen Tätigkeit im Berufsfeld als Pastor und meiner Predigttätigkeit mit der plattdeutschen Sprache hätte ich ohne diese Zeit nie den Mut gehabt,

... für die ›Friedensliste‹ und später für die Bürgerschaft zu kandidieren.
... an der Uni in Hamburg von 1978 bis 1984 einen ›Lehrauftrag für plattdeutsche Verkündigung‹ zu übernehmen.
... bei der Einweihung des Denkmals zum 100. Geburtstag von Ernst Thälmann auf dem Thälmann-Platz zusammen mit DKP-Prominenz eine Rede zu halten, die ich hier in Ausschnitten zitiere:

»Ich will euch erklären, warum ich hier stehe: Thälmann hat für mich als Christ viel von einem Apostel. Sein Leben hat eigentlich eine starke religiöse Komponente. Zumindest strukturell gibt es bestechende Parallelen zwischen Thälmann und den Aposteln, die in der verfassten Kirche eine Rolle gespielt haben oder noch spielen. Keine Angst! Ich starte hier keine Aktion der Kirche ›Thälmann ist unser‹. Es wird der kleine Unterschied bleiben. Aber denken wir an die Herkunft: Apostel stammen aus kleinen Verhältnissen, müssen in der Jugend hart ran, haben dann Schlüsselerlebnisse und von dem Augenblick an widmen sie sich ganz einer, ihrer großen Sache. Sie begeistern andere, haben eine mitreißende Ausstrahlung, haben Charisma – wie wir das nennen. Apostel lassen sich auch nicht irritieren von Gegenmaßnahmen und lassen sich nicht einschüchtern oder knechten. Sie sind bereit, für ihre Überzeugung Konsequenzen auf sich zu nehmen.

Sie halten ihren Kopf hin. Sie bleiben unerschütterlich bei ihrer Überzeugung und unbeugsam selbst bei körperlicher Qual, bei Kerker und Folter, bei Lebensbedrohung und bis in den Tod hinein. Ihre Ungebrochenheit, ihr unerschütterlicher Glaube an die eigene Sache und dass es auch ohne die eigene Person weitergeht, sind ein Fanal für die Anhänger. Sie führen die große Sache weiter. Und für den Apostel – hat er denn sein Leben lassen müssen – bleibt ewiger Ruhm. So steht es auf der Tafel in Buchenwald an der Stelle, wo die Faschisten Ernst Thälmann erschossen haben. In seinem Lebenskampf gleicht vieles dem, was wir als Christen bei unseren Aposteln zum ewigen Ruhm anrechnen. Wir wissen uns verbunden im gemeinsamen Kampf gegen Unterdrückung und für die Befreiung aller. Dafür steht das Symbol der Faust. Thälmann selbst ist ja mit der Faust gleichgesetzt worden. So ist er für mich eben der Apostel der Faust. Dieser Begriff sei euch zugleich wieder zur Interpretation zugeleitet.
Ich gebe nur noch eine Hilfestellung: Ich stamme aus Kirchwerder aus den Vierlanden. Maria Thälmann, die Mutter, war eine geborene Kohpeiss und stammte aus meinem Dorf ... Vierländer schließlich lassen einander nie aus den Augen! [...]«

... bei der Abschlusskundgebung vom Ostermarsch Hamburg 1989 auf dem Hamburger Rathausmarkt am 27. März eine hochdeutsch-plattdeutsche Rede zu halten.
... 1990 für 6 Jahre mit der Familie nach Australien zu gehen.
... bei einer Talkshow im Fernsehen jahrelang als Moderator zu arbeiten.
... viele Jahre als Programmplaner beim Deutschen Evangelischen Kirchentag mitzuarbeiten.
... nach der Pensionierung noch als Pastor in der Deutschen Evangelischen Gemeinde in Kairo zu arbeiten.
... noch viele andere Vorsitze und Präsidentschaften von Vereinen und Organisationen zu übernehmen.

Ich verdanke den 68er Jahren also meine persönliche Befreiung von meiner Beißhemmung, die mich blockiert und isoliert hatte.
Dennoch halte ich als Ergebnis heute fest, dass Politik und Gesellschaft wie Kirche auf dem Weg in die Vergangenheit sind. Die ›herrliche Freiheit der Kinder Gottes‹ weicht mehr und mehr einer allgemeinen Vereisung und Vergreisung des Denkens und Handelns. Und manchmal denk ich: Da müsste doch mal wieder jemand dazwischen hauen!

S. 44/45
Festnahme am 17. Dezember 1966 auf einer Spaziergangdemonstration

Erik Merks

Werdegang

Im Kältewinter 1947 wurde ich als zweites Kind meiner Eltern in Hamburg-Rahlstedt geboren. Vier weitere Geschwister sollten folgen. Wir lebten im Einfamilienhaus meiner Großeltern mit vier Personen in einem kleinen Zimmer. Neben den Großeltern, zwei Tanten und einem Neffen lebte eine weitere ausgebombte und uns zugewiesene Familie mit vier Personen in dem Vier-Zimmer-Haus mit Keller und Dachboden. Erst 1951, als die ausgebombte Familie eine eigene Wohnung bekam, verbesserte sich unsere Wohnsituation. Mein Vater hatte 1939 das Kriegsabitur gemacht, meldete sich mit dem Kriegsbeginn freiwillig zum Militär, überlebte den Krieg in Polen und bekam von den Gräueltaten der Wehrmacht angeblich nichts mit. Er war überzeugter Führer der Hitlerjugend, meine Mutter war BDM-Führerin. Meine Eltern lernten sich während eines Kriegsurlaubs meines Vaters in Österreich kennen. Nach dem Krieg wurde mein Vater im Rahmen der Entnazifizierung nicht entlastet. Erst 1949, als ein Mangel an Lehrern festgestellt wurde, gestattete die Behörde ihm und anderen wenig belasteten (ehemaligen) Nazis, das ordentliche Abitur zu machen, um nach sechs Semestern Studium Volksschullehrer zu werden. Ich war ein schlechter, desinteressierter Schüler, schaffte zwar die Aufnahmeprüfung aufs Gymnasium, blieb jedoch zweimal sitzen und verließ die höhere Schule mit der Mittleren Reife. Mein Vater meinte, dass der Junge niemals eine akademische Laufbahn hinbekäme. Eine solide handwerkliche Ausbildung sei deutlich sinnvoller. Für diese Entscheidung bin ich ihm im Nachhinein dankbar. Die Lehrzeit hat mich nachhaltig geprägt.

Ich wurde Maschinenschlosserlehrling bei Blohm+Voss, der damals größten Hamburger Werft. Mit Beginn des Berufslebens erfuhr ich Ungerechtigkeit, Ausbeutung, Unterdrückung, die Brutalität der Arbeitswelt. In der betrieblichen Ordnung stand der Lehrling ganz unten. Die Erziehung zum angepassten Industriearbeiter spielte in der Ausbildung eine übergeordnete Rolle. Hier setzten unsere Lehrlingsaktionen an. Bei mir gab es noch keine Gedanken, die kapitalistische Gesellschaftsordnung in frage zu stellen, wir wollten lediglich unsere persönliche Situation verbessern. Ich wurde im ersten Lehrjahr zum Jugendvertreter gewählt.

Wir bildeten eine Lehrlingsgruppe, aus der später das SLZ und danach das SALZ hervorgingen.

Wir erreichten, dass der Lehrling (auch weibliche Lehrlinge trugen damals die Bezeichnung »der Lehrling«) nicht mehr generell geduzt wurde, es galt das gegenseitige Du oder das gegenseitige Sie.

Verbote wurden aufgehoben:

Jungs durften lange Haare und Bärte tragen.

Mädchen durften Miniröcke tragen und sich schminken.

Auch Lehrlingen wurde es nun gestattet zu rauchen.

Bestrafungen, wie Fegen nach Feierabend, wurden abgeschafft.

1968 verschoben sich die Schwerpunkte. Die Geschichte und die damalige Rolle unseres Arbeitgebers führten zum politischen Denken. Die Werft baute wieder Kriegsschiffe und Panzerwannen. Die Zwangsarbeiterbaracken des KZ Neuengamme standen noch auf dem Werftgelände. Zunächst erinnerte eine kleine Gedenktafel an die ermordeten Widerstandskämpfer, die auf der Werft arbeiteten. Doch diese Tafel wurde eines Tages abgebaut und verschwand schließlich spurlos. Die Vergangenheit sollte endlich ruhen! Gastarbeiter aus Italien, Griechenland und Jugoslawien waren zwar keine Zwangsarbeiter, lebten aber unter unwürdigen Bedingungen, zum Beispiel in der Ruine der ehemaligen Schilleroper auf St. Pauli, wurden schlecht bezahlt und verrichteten oft die Drecksarbeit. Die Studentenbewegung war fasziniert von unserer Lehrlingsgruppe, und der SDS fand Interesse an dem jungen Proletariat.

Wöchentlich fanden im Keller der Kommune Hochallee Lehrlingstreffen statt.

Schulungsabende zu *Das Kapital*, Lenins *Was tun* und Maos Schriften – wir versuchten, unsere ungeordneten Gedanken zu sortieren. Die Aufarbeitung der Geschichte von Blohm+Voss während der NS-Zeit, Notstandsgesetze, der Vietnamkrieg, der Krieg Portugals in den afrikanischen Kolonien bestimmten diese Treffen. Erste Flugblattaktionen, von uns in der Hochallee geschrieben und von Studenten vor dem Werkstor verteilt, sorgten für Aufsehen.

1977 machte ich den Abschluss als Diplom-Volkswirt. 1987 wurde ich Vorsitzender des Betriebsrates von STN Atlas Elektronik.

Nach der Insolvenz des Werftenverbunds ging das Unternehmen STN Atlas Elektronik an British Aerospace und schließlich an Rheinmetall, auch hier wurde ich als Arbeitnehmervertreter in den Aufsichtsrat von Rheinmetall gewählt. Ich war Mitglied im Präsidium des Aufsichtsrates. Gleichzeitig war ich neben dem Vorsitz im örtlichen Betriebsrat Präsident des Europäischen Betriebsrates bei Rheinmetall.

Links

Festnahmen am 17. Dezember 1966 auf einer Spaziergangdemo, im Hintergrund die Ruine der Berliner Gedächtniskirche

S. 50/51

Vor dem Café Kranzler

P

Henning Venske

Rebellion

In der Folgezeit kam es – ganz unabhängig von den Ereignissen in der Bundesrepublik und in Frankreich – in fast allen Erdteilen zu Universitätsbesetzungen, Massendemonstrationen und Straßenschlachten: in der senegalesischen Hauptstadt Dakar ebenso wie in Montevideo, Ankara und Istanbul. In Rio de Janeiro wurden bei Straßenschlachten zwischen Studenten und Polizeieinheiten sechs Studenten getötet, und in der mexikanischen Stadt Pueblo kam es vor der Wahl des neuen Studentenparlaments zu einem blutigen Feuergefecht, bei dem zwei Studenten von der Polizei getötet und acht verletzt wurden. In Mexiko ließ die Regierung Armee-Einheiten Universitäten und Hochschulen besetzen. Es kam in der Nähe des Polytechnikums zu einem dreistündigen Massaker, in dessen Verlauf über 5.000 Soldaten mit mehr als 300 Panzern und zwei Hubschraubern etwa 500 Menschen umbrachten. Kurze Zeit später wurden in Mexiko die XIX. Olympischen Sommerspiele eröffnet. Das Blutbad, das Militär und Polizei angerichtet hatten, diente nur der »Herstellung von Ruhe und Ordnung für die olympische Begegnung der Jugend aus aller Welt«.

Aber als im August 1968 Truppen des Warschauer Pakts mit einer halben Million Soldaten die Tschechoslowakei besetzten, wobei etwa fünfzig Invasoren und hundert Tschechoslowaken ums Leben kamen, geriet das Geschehen in Mexiko rasch zur Nebensache. Das Ende des sogenannten Prager Frühlings, als, ausgehend von der Parteiführung unter Alexander Dubček, ein »Sozialismus mit menschlichem Antlitz« angestrebt wurde und man mit behutsamer Liberalisierung und Demokratisierung einen »Dritten Weg« zwischen Sozialismus und Kapitalismus finden wollte, war ein »internationales Medienereignis« und im Westen als Ablenkung von den Ereignissen in den eigenen Straßen sehr willkommen.

In dieser 68er-Gemengelage tat eine Frau das Richtige: Beate Klarsfeld haute einem Politiker eine runter. Ihre Ohrfeige traf den westdeutschen Bundeskanzler Kurt Georg Kiesinger, und ich dachte: »Schade um jeden Schlag, der vorbeigeht.« Und die Rolling Stones veröffentlichten ihre LP *Beggars Banquet* mit dem Song »Street Fighting Man«, ihrem Statement zur Jugendrebellion. Der beginnt mit dem Aufruf »Es ist Sommer, und die Zeit ist reif, in den Straßen zu kämpfen!«, setzt sich dann fort mit »Es ist die richtige Zeit für eine Palastrevolution!«, und endet mit der resigniert klingenden Frage: »Aber was kann ein armer Junge tun, außer für eine Rock-'n'-Roll-Band zu singen?«

Unten
Weitere Festnahmen am 17. Dezember 1966

Hans-Peter de Lorent

Politische Sozialisation 1967/68

1967 besuchte ich in Hamburg-Harburg die elfte Klasse eines Jungengymnasiums. Im Mai des Jahres machten wir eine Klassenreise nach Rothenburg ob der Tauber. Eine wunderbare mittelalterliche Altstadt, viele Gasthäuser, bestes Wetter, gute Stimmung im Jahr vor den Abiturvorbereitungen.

Die Romantik wurde dadurch gestört, dass der Schah von Persien mit seiner Frau Farah Diba auf seinem Deutschland-Besuch unbedingt Heidelberg oder Rothenburg besuchen wollte. Und das genau an dem 30. Mai 1967, als wir dort weilten. Die Stimmung in der Stadt war aufgeheizt durch Aufgeregtheiten und eine massive Polizeipräsenz, die die kaiserlichen Gäste vor Protesten schützen sollte. Es war der Beginn der Schahreise, bevor sie nach Westberlin gelangten, wo am 2. Juni 1967 Benno Ohnesorg erschossen wurde. Wir wussten nicht, was der hektische Aufmarsch der Polizisten bedeutete, die in der Schwüle des Abends sich ihrer Mäntel entledigten, die sie über die Zäune legten. Kontroversen Politikunterricht gab es noch nicht. Der Geschichtsunterricht in den Gymnasien endete zu dieser Zeit noch zumeist mit Ende des Ersten Weltkriegs. So hatten die Tage in Rothenburg ob der Tauber einen eher verstörenden Charakter.

Ich war inzwischen Bezirksschulsprecher in Hamburg. Wir setzten uns ein für mehr Mitbestimmungsmöglichkeiten von Schülerinnen und Schülern, für eine Oberstufenreform. Gemeinsam mit der »Neuen Gesellschaft« organisierten wir politische Bildungsveranstaltungen für Schulsprecher und interessierte Schüler*innen. Am 15. April 1968 war ich mit meiner Freundin auf dem Hamburger Dom, als wir vor einer Bude eine lautgestellte Radionachricht hörten, dass vor dem Polizeipräsidium eine Demonstration und Sitzblockade stattfinden würden. Ein paar Tage nach den drei Schüssen auf Rudi Dutschke. Wegen der Rolle der Springer-Presse (»*BILD* hat mitgeschossen«) hatten Blockaden der Springer-Zeitungsauslieferungen stattgefunden, die von der Polizei aufgelöst wurden. Dagegen wurde vor dem Polizeihochhaus demonstriert. Wir begaben uns dorthin und beteiligten uns an dem gerade begonnenen Sit-in. Eine Studentendelegation versuchte im Polizeipräsidium die Entlassung von verhafteten Studierenden zu erwirken. Ohne Erfolg.

Gegen 23:00 Uhr stürmten plötzlich Hundertschaften der Polizei mit Gummiknüppeln und Schäferhunden in die Sitzblockade und prügelten auf alle Personen ein, mit dem Ziel, sie von dem Vorplatz zu vertreiben und in Richtung Hauptbahnhof zu jagen. Für uns das erste Gewalterlebnis und in Panik rannten wir in die nahen U-Bahn-Schächte. Unzählige Verletzte, unter ihnen auch ältere Passanten, die am Rande der Straße gestanden hatten.

Gegen die geplanten Notstandsgesetze der großen Koalition von Bundeskanzler Kurt Georg Kiesinger und Vizekanzler Willy Brandt fand am 11. Mai 1968 in Bonn ein Sternmarsch statt, zu dem viele Organisationen und Intellektuelle aufgerufen hatten. So auch das Hamburger Schülerparlament. Ich organisierte die Beteiligung von aktiven Schüler*innen aus Hamburg. Der 11. Mai war ein Sonnabend, an dem zu diesen Zeiten noch Unterricht stattfand. Mit einem Schreiben des Hamburger Landesschulrates wurden wir darauf aufmerksam gemacht, dass ein Fehlen im Unterricht insbesondere für diejenigen, die sich auf das Abitur vorbereiteten, disziplinarische Konsequenzen hätte. Die Folge: Die Harburger Beteiligung schrumpfte auf eine kleine Zahl, die sich nicht hatte einschüchtern lassen. Der Effekt danach: Es gab keine Konsequenzen, außer einem Vermerk des unentschuldigten Fehlens an einem Schultag. Auch eine Lehre.

·

Nach dem Abitur im Januar 1969 begann ich an der Universität Hamburg ein Studium der Psychologie und Erziehungswissenschaft. Der Start war schwierig. Studierende hatten das Psychologische Institut und den Philosophenturm der Uni besetzt und das Gebäude wurde geräumt und von Bereitschaftspolizisten abgeriegelt. Keine Veranstaltungen, Studienstart mit einem Streiksemester. Die Erstsemesterberatung beim Fachschaftsrat war begrenzt aufschlussreich. »Die Professoren hier kannst Du alle vergessen. Hofstätter ist ein Wehrpsychologe und Nazi gewesen, Tausch ein Psychonaut und der Dritte, Pawlik, ein Positivist und was wir von ihm halten, hast du vielleicht draußen schon gelesen.« An der Wand stand in weißer Farbe: »Macht Schaschlik aus Pawlik«. Der Uni-Sprache noch nicht mächtig, waren Positivisten für mich bis dahin positive Zeitgenossen gewesen.

Die Lektion: Politische Anschauung muss vermittelt werden. Knapp 50 Jahre später schrieb ich eine Hofstätter-Biografie (*Täterprofile. Die Verantwortlichen im Hamburger Bildungswesen unterm Hakenkreuz und in der Zeit nach 1945*. Bd. 2, Landeszentrale für politische Bildung Hamburg 2017).

·

Es wurde studiert, gelesen, diskutiert, sich organisiert. Die Studentenbewegung entwickelte sich weiter und führte mannigfaltige Auseinandersetzungen.

Als der FDP-Wissenschaftssenator 1972 die Drittelparität in den akademischen Gremien abschaffen wollte zugunsten der Professoren, schrieb ich dazu ein Flugblatt, das mit dem Logo des MSB Spartakus veröffentlicht wurde. Nach erfolgreich absolviertem Referendariat 1974 gab es ein Berufsverbotsverfahren gegen mich, Grundlage dafür war das vom Verfassungsschutz gesammelte Flugblatt und von mir verantwortlich gezeichnete Veröffentlichungen des Referendarvorstandes. Meine Erfahrungen verarbeitete ich in dem Roman *Die Hexenjagd* (Weltkreis Verlag 1980). Die Berufsverbote gingen aus von Hamburg am 23. November 1971 und wurden von den Ministerpräsidenten und Bundeskanzler Willy Brandt am 28. Januar 1972 bundesweit bekräftigt. In seiner Regierungserklärungvom 28. Oktober 1969 hatte Brandt noch angekündigt: »Wir wollen mehr Demokratiewagen.«

Jakovos Papadopoulos

Unvergessliche Erinnerungen

Es war im Jahre 1966, als ich mit fünfundzwanzig Jahren als Gastarbeiter in die Hansestadt Hamburg kam, welche später meine zweite Heimat wurde. Hier fing ich an zu arbeiten, um mich in der deutschen Gesellschaft umzuorientieren und meine Zukunft aufbauen zu können. Ich lernte die deutsche Sprache und bekam das Große Sprachdiplom des Goethe-Instituts sowie das Diplom des Dolmetschers und Übersetzers und studierte Wirtschaftswissenschaften an der HWP und Uni Hamburg.

Was mich damals zutiefst beeindruckte, waren hauptsächlich der Aufbruch und die Proteste der internationalen und insbesondere der westdeutschen Jugend gegen die herrschenden Verhältnisse im Jahre 1968. Die Jugend erschütterten die Attentate auf Martin Luther King, Robert Kennedy und Rudi Dutschke, den ich das Glück hatte aufgrund meiner gewerkschaftlichen Aktivitäten beim DGB in Hamburg als Sozialbetreuer und als Vorsitzender der griechischen Gemeinde und des Komitees gegen die Militärjunta in Griechenland kennenzulernen. Auf die Frage, ob die Studentenbewegung dieser Zeit notwendig und konstruktiv für den Übergang in eine moderne und fortschrittliche Gesellschaft war, würde ich ohne weiteres »Ja« antworten, weil sie die Ursache für den darauf folgenden und raschen gesellschaftlichen und kulturellen Wandlungsprozess darstellte. Die westdeutsche Studentenbewegung dieser Zeit war eine linksgerichtete, aber mit einer progressiven gesellschaftskritischen und politischen Optik. Sie mobilisierte nicht nur die Studenten allein, sondern auch große gesellschaftliche Gruppen. Hierzu spielte eine entscheidende Rolle die Vorarbeit der Frankfurter Schule (Theodor Adorno, Herbert Marcuse u. a.), mit deren neuen Theorien der Umwälzung der Gesellschaft durch friedliche Mittel usw.

Erhöhung der Studiengebühren

Der Beschluss des Berliner Senats, ab dem Sommersemester 1967 für die Student*innen eine Studiengebührenpauschale von 160 DM festzusetzen, bereitete der Ruhe während der Weihnachtsferien ein Ende. Die Student*innen der Pädagogischen Hochschule, die bis dahin überhaupt keine Gebühren zu zahlen hatten, reagierten mit einem dreitägigen Sitzstreik (10. bis 12. Januar 1967) und erwogen einen Zahlungsboykott. Der Berliner Landesverband des Verbandes Deutscher Studentenschaften beantragte beim Polizeipräsidenten eine Demonstration gegen die Erhöhung der Studiengebühren in der Innenstadt. Mit der Begründung, der Verkehr würde gestört und dem Ansehen der Stadt könne geschadet werden, wurde die Demonstration nicht erlaubt. »Die sollen nur kommen«, erklärte Senatsrat Prill, »dann kriegen sie eins mit dem Knüppel über den Kopf, das ist dann ein gutes Übungsfeld für unsere Polizeibeamten.«

Die Student*innen gingen diesmal nicht auf die Straße, sie kamen im größten Hörsaal der TU am 24. Januar 1967 zusammen. In der dort verabschiedeten Resolution hieß es: »Wenn die Berliner Studenten gegen die Erhöhung der Studiengebühren protestieren, weil dies die bestehenden Bildungsschranken noch fördert anstatt beseitigt, wenn die Berliner Studenten gegen das Verbot ihrer Demonstration protestieren, weil ihnen der Schutz des Grundrechts auf freie Meinungsäußerung wichtiger ist als der Schutz von Rasenflächen, so sind das keine getrennten Proteste.«

Franz Josef Degenhardt

Spiel nicht mit den Schmuddelkindern

Spiel nicht mit den Schmuddelkindern,
sing nicht ihre Lieder.
Geh doch in die Oberstadt,
mach's wie deine Brüder,

So sprach die Mutter, sprach der Vater, lehrte der Pastor.
Er schlich aber immer wieder durch das Gartentor
und in die Kaninchenställe,
wo sie Sechsundsechzig spielten
um Tabak und Rattenfelle,
Mädchen unter Röcke schielten,
wo auf alten Bretterkisten
Katzen in der Sonne dösten,
wo man, wenn der Regen rauschte,
Engelbert, dem Blöden, lauschte,
der auf einen Haarkamm biss,
Rattenfängerlieder blies.
Abends, am Familientisch, nach dem Gebet zum Mahl,
hieß es dann: Du riechst schon wieder nach Kaninchenstall.

Spiel nicht mit den Schmuddelkindern,
sing nicht ihre Lieder.
Geh doch in die Oberstadt,
mach's wie deine Brüder!

Sie trieben ihn in eine Schule in der Oberstadt,
kämmten ihm die Haare und die krause Sprache glatt.
Lernte Rumpf und Wörter beugen.
Und statt Rattenfängerweisen
musste er das Largo geigen
und vor dürren Tantengreisen
unter roten Rattenwimpern
par cœur Kinderszenen klimpern
und, verklemmt in Viererreihen,
Knochen morsch und morscher schreien,
zwischen Fahnen aufgestellt
brüllen, dass man Freundschaft hält.
Schlich er manchmal abends zum Kaninchenstall davon,
hockten da die Schmuddelkinder, sangen voller Hohn:

Spiel nicht mit den Schmuddelkindern,
sing nicht ihre Lieder.
Geh doch in die Oberstadt,
mach's wie deine Brüder!

Aus Rache ist er reich geworden. In der Oberstadt
hat er sich ein Haus gebaut, nahm jeden Tag ein Bad.
Roch, wie bessre Leute riechen,
lachte fett, wenn alle Ratten
ängstlich in die Gullys wichen,
weil sie ihn gerochen hatten.
Und Kaninchenställe riss er
ab. An ihre Stelle ließ er
Gärten für die Kinder bauen.
Liebte hochgestellte Frauen,
schnelle Wagen und Musik,
blond und laut und honigdick.
Kam sein Sohn, der Nägelbeißer, abends spät zum Mahl,
roch er an ihm, schlug ihn, schrie: Stinkst nach Kaninchenstall.

Spiel nicht mit den Schmuddelkindern,
sing nicht ihre Lieder.
Geh doch in die Oberstadt,
mach's wie deine Brüder!

Und eines Tages hat er eine Kurve glatt verfehlt.
Man hat ihn aus einem Ei von Schrott herausgepellt.
Als er später durch die Straßen
hinkte, sah man ihn an Tagen
auf 'nem Haarkamm Lieder blasen,
Rattenfell am Kragen tragen.
Hinkte hüpfend hinter Kindern,
wollte sie am Schulgang hindern
und schlich um Kaninchenställe.
Eines Tags in aller Helle
hat er dann ein Kind betört
und in einen Stall gezerrt.
Seine Leiche fand man, die im Rattenteich rumschwamm.
Drum herum die Schmuddelkinder bliesen auf dem Kamm:

Spiel nicht mit den Schmuddelkindern,
sing nicht ihre Lieder.
Geh doch in die Oberstadt,
mach's wie deine Brüder!

Radierung

Notstandsgesetze

Am 30. Mai 1968 beschloss der Deutsche Bundestag die Einführung einer Notstandsverfassung, die den Staatsorganen Maßnahmen zur Abwehr innerer und äußerer Notlagen zur Verfügung stellte. Die Notstandsgesetze sollten im Verteidigungsfall, bei inneren Unruhen und Naturkatastrophen die Gesetzgebungskompetenz des Bundes und seine Weisungsbefugnisse gegenüber den Bundesländern ausweiten. Hinzu kamen die Einschränkung des Brief-, Post- und Fernmeldegeheimnisses sowie der Einsatz der Bundeswehr und des Bundesgrenzschutzes bei Unruhen im Inneren.
Gegen die Verabschiedung der Notstandsgesetze durch den Bundestag gab es heftige öffentliche Proteste und Auseinandersetzungen. Insbesondere die Studentenbewegung mit SDS (Sozialistischer Deutscher Studentenbund) und LSD (Liberaler Studentenbund), Gewerkschaften (insbesondere die IG Metall), die FDP und das Kuratorium »Notstand der Demokratie« riefen zu Protesten und Massenkundgebungen auf. Die APO warnte davor, dass die deutsche Demokratie durch die Notstandsgesetze autoritäre Züge annehmen würde und Staatsorgane so die Möglichkeit erhielten, in die Grundrechte einzugreifen. In einem Sternmarsch nach Bonn demonstrierten am 11. Mai 1968 mehr als 10.000 Menschen friedlich gegen die Notstandsgesetze.

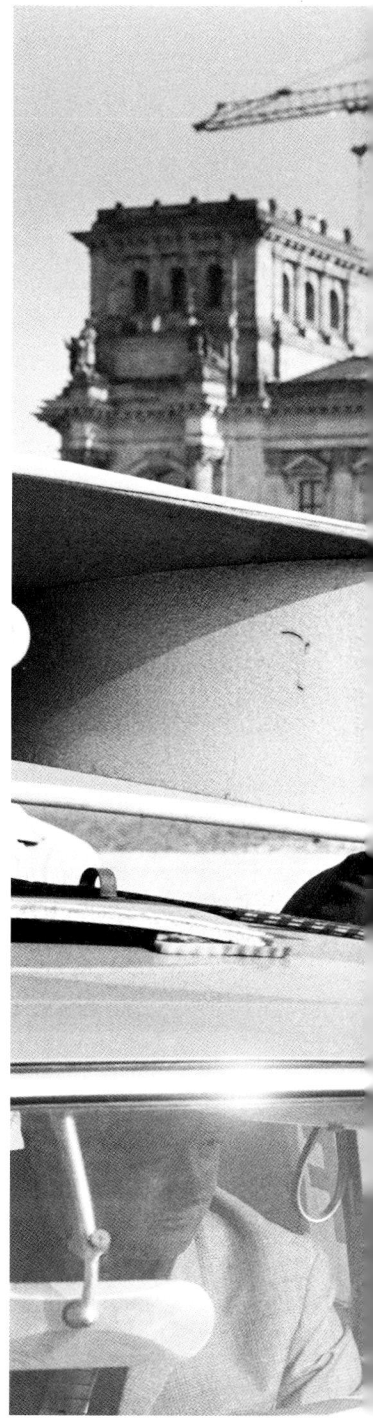

Student*innendemonstration gegen die Notstandsgesetze vor dem Reichstag, am Mikrofon Gabriele Kuby (Humanistische Studentenunion)

HOCHSCHUL
BAU
BUNKERB
DEMO
KRATIE
steht still
wenn
LÜCKE
es will
aus
der
↓=↓
in die

DEM DEUTSCHEN VOLKE
OCHSCHUL BAU
UNKER BAU
KEINE EXPERIMENTE MIT DEM GRUNDGESETZ !!!
HAUT EINE LÜCKE IN DEN NOTSTAN

Corinna Hauswedell

Revolution in Baden-Baden?!

Waren wir nicht eigentlich mit 13, 14 oder 15 Jahren für eine Teilnahme an den Protesten, die seit 1966 und dann vor allem 1967 und 1968 Westdeutschland und die (westliche) Welt erschütterten, »noch etwas zu jung«? So oder ähnlich hätte eine (eher unpolitische) Begründung dafür lauten können, warum die Schulleitung des humanistischen Gymnasiums Hohenbaden, kurz: HoBa, an jenem Tag Türen und Fenster unserer Klassenzimmer verschloss, damit wir nicht an der Demonstration gegen die Notstandsgesetze teilnehmen konnten. Aber es war eben gar nicht unpolitisch: Die von Mitschülern des naturwissenschaftlichen Markgraf-Ludwig-Gymnasiums (MLG) gegründete Schülerzeitschrift *Ça ira* – getreu dem Jakobiner-Motto *Das wird gehen* – hatte für den letzten Tag vor den Schulferien, den 29. Mai 1968, an dem die dritte Lesung des höchst umstrittenen Gesetzesentwurfs im Bonner Bundestag stattfand, zum Schulstreik an allen Baden-Badener Gymnasien aufgerufen. Deren Direktoren dagegen hatten sich auf ein Verbot dieser Unerhörtheit verständigt: Das wird nicht gehen!?

Wir ließen uns jedoch nicht aufhalten, kletterten aus dem Fenster, sprangen in die Tiefe – unser Klassenraum lag im Hochparterre – und liefen in Richtung Innenstadt. Wir, das war fast die Hälfte unserer 30 Köpfe zählenden Obertertia (9. Klasse), ein entsprechender Teil der Parallelklasse schloss sich an. Die Sekundaner*innen und Primaner*innen waren schon unterwegs. Circa 700 Schülerinnen und Schüler nahmen an dem Streik, der Demo und dem abschließenden Teach-in vor der Staatlichen Kunsthalle teil. Die noch junge westdeutsche Demokratie war durch das Notstandsvorhaben der Großen Koalition in Gefahr – das befürchtete damals eine wachsende außerparlamentarische Opposition (APO), die von Heinrich Böll bis in die Spitzen des DGB, von der damals teils linksliberalen FDP bis in die Hochschulen reichte. Wir waren also in guter Gesellschaft und die Wasserbomben, die einige unserer weniger geliebten Mitschüler*innen auf uns Demonstrierende abwarfen, konnten wir verschmerzen. Die zweite große innergesellschaftliche Polarisierung nach »Kampf dem Atomtod« und der Wiederbewaffnungsdebatte der späten 1950er Jahre war in vollem Gange und hatte auch den kleinen Thermalkurort für reiche Senior*innen am Flüsschen der Oos erreicht. Mit einem Mini-Ostermarsch in der geschichtsträchtigen Lichtentaler Allee hatte es 1967 begonnen; die Empörung über die Erschießung Benno Ohnesorgs am 2. Juni desselben Jahres war dann vermittelt über persönliche Kontakte zu Frankfurter und Berliner SDSlern auch in Baden-Baden angekommen. Eine Veranstaltung mit Rudi Dutschke, zunächst für den 31. Dezember 1967 und eigentlich im ehrwürdigen Kurhaus geplant, dessen Casino schon Dostojewski zum Spieler gemacht hatte, musste zunächst wegen der Geburt von Dutschkes Sohn verschoben werden. Gern genommen wurde als Ersatzredner Günter Amendt, damals Doktorand der Soziologie und im SDS Frankfurt aktiv. Sein Referat *Sexualaufklärung in der Schule*, eine programmatische Vorwegnahme seiner späteren beruflichen Themen, zog Kreise über Baden-Baden hinaus. *BILD* titelte: »Baden-Baden – Schüler wollen Liebe in der Turnhalle«. Der *SPIEGEL* berichtete über die Geschichte, die sich inzwischen zu

Die senatseigene Werbefirma BEREG verhindert den Aushang dieses Informationsplakats über die Notstandsgesetze

einem juristischen Spektakel ausweitete: Die neu gegründete Unabhängige Schülergemeinschaft (USG) hatte Amendts Vortrag im Wortlaut in ihrer Zeitung *Ça ira* abgedruckt; das Ganze war mit einer Fotomontage versehen, die den greisen Oberbürgermeister Dr. E. Schlapper (CDU) als Skelett zeigte, in Höhe der Genitalien ein Spruchband mit der Aufschrift »DO IT YOURSELF« was als Aufforderung zur Onanie interpretiert wurde. Die Zeitung wurde beschlagnahmt, der OB erhob Klage wegen Beleidigung und erstattete Anzeige wegen »Verbreitung unzüchtiger Schriften«, Streitwert DM 20.000. Rudi Dutschke kam eine Woche später dann doch: Die Veranstaltung mit über 1.000 Jugendlichen und Erwachsenen fand vor dem Kurhaus statt, weil Schlapper den Innenraum verweigerte. Im Nachgang ließ der OB die auf dem Spielplan des Theaters geplanten Stücke von Bertolt Brecht verbieten. Im *STERN* schrieb man über Baden-Baden als »Hochburg der Restauration«. Drei Monate später fand das Attentat auf Rudi Dutschke statt, der inzwischen einer der Wortführer der Studentenbewegung geworden war.

Für uns Baden-Badener Schülerinnen und Schüler war begreifbarer geworden, warum autoritäres Handeln und die Unterdrückung freier Meinungsäußerungen Demokratie gefährden kann. Die Gründung einer unabhängigen Schülerorganisation unter dem Dach des AUSS (Aktionszentrum Unabhängiger und Sozialistischer Schüler) erschien folgerichtig. Der Streit um eine eher antiautoritäre oder sozialistische Ausrichtung der Schülerbewegung sollte viele hitzige Tage und Nächte füllen – begleitet von Sex and Drugs and Rock'n Roll im berüchtigten Club Raphael (kurz Raph) im Baden-Badener Bahnhof. Klar war: Das Private war politisch geworden ... und das revolutionäre Subjekt waren wir.

Mit Hilfe einiger älterer Kommunistinnen und Kommunisten (die KPD war verboten, die DKP gerade in der Neuzulassung) gründeten wir 1969 – ich zwischenzeitlich Schulsprecherin – eine SDAJ-Gruppe (Sozialistische Deutsche Arbeiterjugend): anfangs zwei Lehrlinge, sonst nur Gymnasiast*innen. Wir lasen Marx und Lenin und traten in die IG Metall ein, nahmen an den gewerkschaftlichen Teamer-Schulungen teil und machten uns daran, morgens um sechs Uhr vor den Werkstoren von Daimler Benz im benachbarten Gaggenau Flugblätter über die schlechten Ausbildungsbedingungen zu verteilen ... Nach einem Jahr gründete sich dort eine SDAJ Gaggenau und wir konnten uns wieder Themen zuwenden, die alle Jugendlichen und auch viele Erwachsene in der Kurstadt betrafen: Fahrpreiserhöhungen im öffentlichen Nahverkehr. Mit einer erfolgreichen Rote-Punkt-Aktion – wir hatten zeitweilig mehrere hundert Autofahrer*innen, die mit freiwilligen Mitfahrangeboten (Roter Punkt in der Frontscheibe) den Bus-Boykott unterstützten, vor allem die Mitarbeitenden des Südwestfunks (SWF) wurden hierfür eine solidarische Ressource – konnte eine Teilrücknahme der Tariferhöhungen erreicht werden. Allerdings nicht ohne Blockaden von Bussen, konfrontiert mit einer behelmten Hundertschaft aus Freiburg angeforderter Polizisten, zeitweiligen Verhaftungen ... und weiteren Erfahrungen des zivilen Ungehorsams. Aufstand in der Thermal-Oase.

Für mich nahte 1972, das Jahr des Abiturs, allerdings ohne Abi-Feier: Ein Kultusminister-Erlass hatte diese in ganz Baden-Württemberg aus Angst vor Protesten untersagt. Also auch keine Abi-Rede, die ich als Scheffel-Preisträgerin hätte halten sollen, aber mit einer Grundsatzkritik am kapitalistischen Bildungswesen in der Tasche behielt.

Ich war nicht traurig, die »kleine Stadt«, in die der Hamburger Bildungsbürger-Vater uns, Mutter, Schwester und mich, 1963 umgesiedelt hatte, nach zehn Jahren wieder in Richtung größere Welt zu verlassen. Mutter war (zu) früh gestorben, Schwester im Studium. Und mit Zwischenstationen in Berlin und Mainz landete ich im WS 1975 wieder in Hamburg mitten in der Studentenbewegung. Und mitten im »deutschen Herbst«. 1977 Landesastensprecherin, bundesweiter Streik gegen Hochschulrahmengesetz und Sparpolitik; verurteilt wegen Nötigung. Im Nebenfach-Studium: Geschichte, Deutsch und Pädagogik, Staatsexamen 1980.

Die badischen 68er Erfahrungen, unser Fenstersprung gegen den Notstand, blieben allerdings nachhaltig und berufsbestimmend: 1981 bis 83 Friedensaktivistin im Bonner Hofgarten, später Promotion über den Kalten Krieg, Friedens- und Konfliktforschung. Besondere Expertise: Nordirland, wo nach 1968 aus der Unterdrückung einer Bürgerrechtsbewegung, die zunächst Katholiken und Protestanten zusammen auf die Straßen von Belfast und Derry gebracht hatte, ein erbitterter Bürgerkrieg wurde, der erst 1998 mit dem Good Friday Agreement zu Ende ging.

Wegen der alliierten Vorbehaltsrechte, so behauptet Innenminister Lücke, müsse sich die Bundesregierung für den Ernstfall vorbereiten. Ein maßgeblicher Kommentator des Grundgesetzes, Prof. Friedrich Klein, aber stellt fest, dass Lücke sich nicht im Einklang mit dem Grundgesetz befindet und sich ebenso wie sein Vorgänger Höcherl »etwas außerhalb der Legalität« bewegt.

2

2

Knut Nevermann überreicht Kiesinger eine Notstandsresolution der Berliner Student*innen

Kurt Georg Kiesinger

Kurt Georg Kiesinger (1904-1988) war von 1966 bis 1969 der dritte Bundeskanzler der Bundesrepublik Deutschland. Er trat 1933 in die NSDAP ein und arbeitete ab 1940 als Angestellter im Auswärtigen Amt, vor allem, um der Wehrpflicht zu entgehen. Kurt Georg Kiesinger trat auch in die SA ein und schloss sich dem Nationalsozialistischen Kraftfahrerkorps an. Im Nachhinein machte er zu seinen Motiven unterschiedliche Angaben und wurde nach 1945 im Entnazifizierungsverfahren als Mitläufer eingestuft. Er begann ab 1949 seine politische Karriere im Nachkriegsdeutschland als Mitglied der CDU. In seine Zeit als Bundeskanzler fielen die Einführung der Notstandsgesetze wie auch Gesetze, die zur Verjährung von NS-Kriegsverbrechen führten. Seine frühere Karriere im Staatsapparat des NS-Regimes wurde wiederholt öffentlich kritisiert, besonders von der 68er-Bewegung. Zum Eklat kam es dann am 7. November 1968: Beate Klarsfeld, eine deutsch-französische Journalistin, ohrfeigte Kiesinger vor den Augen der Öffentlichkeit. Mit dieser Aktion wollte sie darauf aufmerksam machen, dass das Mitwirken des deutschen Bundeskanzlers am NS-Regime nicht ausreichend besprochen und aufgearbeitet wurde.

Am 7. November 1968 schaffte es die deutsche Nazijägerin Beate Klarsfeld, in die Berliner Kongresshalle zu kommen, in der eine CDU-Veranstaltung mit dem ehemals hochrangigen NSDAP-Mitglied und damaligen Bundeskanzler stattfand. Vor Publikum und der internationalen Presse gab sie ihm eine Ohrfeige und rief: »Nazi! Nazi!« Die 18-jährige Studentin Elke Bitterhof aus der DDR widmete ihr dieses Lied.

Für Beate Klarsfeld

Hört, es gibt Leute,
die wissen genau, wer ihr wart
und die wissen, wer ihr seid.
Und die Zeit für eine,
die euch mitten ins Gesicht schlägt,
glaubt's oder nicht –
die war so weit.

Vergessen wird nicht so leicht gemacht
wer hat an gestern noch gedacht
bei euch.

Viele leben gut bei ihrem Kühlschrank,
ihrem Auto und verdrängen aus dem Kopf die Politik
denn bei so formierter Meinung
und vorerst noch hohem Standard
beginnt die Politik im Krieg.

Vergessen habt ihr so leicht gemacht
wer hat an gestern noch gedacht
bei euch!

Für sich allein, da durchschaut man die Dinge so schwer
und darauf baut ihr auf
füllt das Gefängnis,
verleugnet gute Namen
wir merken sie uns, verlasst euch drauf!

Vergessen habt ihr so leicht gemacht,
wer hat an gestern noch gedacht
bei euch!

Beate Klarsfeld

Eine Ohrfeige als symbolischer Akt

Ich war seit seiner Gründung im Jahr 1963 Sekretärin im Deutsch-Französischen Jugendwerk, aus dem ich im September 1967 entlassen wurde, weil ich einen dritten Artikel geschrieben und veröffentlicht hatte, in dem ich die Anwesenheit eines ehemaligen Nazi-Führers der Hitler-Propaganda, Kurt Georg Kiesinger, im Kanzleramt kritisierte. Folglich kämpfte ich, nur mit der Unterstützung meines Mannes Serge, gegen den Kanzler: Zunächst erstellte ich eine Akte über seine Aktivitäten im Dritten Reich unter Verwendung von Dokumenten aus dem Musée de la Shoah in Paris, aus den Archiven in Washington und der DDR, wo mein Mann die Unterstützung der ostdeutschen Behörden erhielt… Ich präsentierte diese Akten an mehreren Universitäten und stellte fest, dass das Publikum kein Interesse daran hatte, mir zuzuhören, so natürlich und normal war die Präsenz ehemaliger Nazis in der deutschen Gesellschaft. Es war notwendig, die Methode zur Mobilisierung der politisierten deutschen Jugend zu ändern: Im Bundestag in Bonn unterbrach ich Kiesingers Rede mit dem Ruf »Kiesinger Nazi abtreten« und sah, dass ihm diese direkte Erinnerung an seine Vergangenheit peinlich zu sein schien. Serge und ich ersannen einen symbolischen Akt: die Ohrfeige des Mädchens an ihren mit dem Nationalsozialismus kompromittierten Vater. Ich war diejenige, die das Risiko einging, von Kiesingers Leibwächtern erschossen zu werden, es war im Jahr der Ermordung von Robert Kennedy und Martin Luther King. Wir entschieden uns für den CDU-Kongress in Westberlin unter alliierter Kontrolle, weil es der einzige Ort auf der Welt war, an dem ich als Deutsche und Französin eine Chance hatte, dem Gefängnis zu entkommen.

In Berlin, wo tausende von Polizisten versuchten, die demonstrierenden APO-Jugendlichen einzudämmen, konnte ich dank Michael Ruetz, der mir seinen Presseausweis geliehen hatte, zum CDU-Parteitag Einlass bekommen. Als Sekretärin und mit einem Lächeln in Richtung der Polizei gelang es mir, Zugang zur Tribüne zu erhalten und hinter dem Kanzler vorbeizugehen, der sich umdrehte und eine Ohrfeige erhielt, die ihm ein blaues Auge einbrachte. Er sagte sofort: »War das die Klarsfeld?« und legte Beschwerde gegen mich ein. Nach meiner Verhaftung wurde ich verurteilt, aber ich berief mich in Westberlin sofort auf meine französische Staatsangehörigkeit; der Einzelrichter, Drygalla, verließ den Saal. Als er kurz danach zurückkam, gewährte er mir einen Aufschub bis zur Berufungsverhandlung. Ich war frei; Serge kam sofort mit dem Flugzeug nach Berlin und brachte mich zurück nach Paris, wo ein von Heinrich Böll geschickter Strauß von 50 roten Rosen auf mich wartete. Ich hatte im Mai an der Technischen Universität in Berlin die Vorsichtsmaßnahme getroffen, diese Ohrfeige öffentlich anzukündigen, damit sie nicht als Tat einer unausgeglichenen Person gewertet würde. Was die Anschuldigungen von Kiesingers Anhängern betraf, so war ich eine Abweichlerin, eine Verbrecherin ... Die Journalisten, die nach Paris kamen, empfing ich in einem Dior-Kleid in unserer Siebenzimmerwohnung über der Seine, in der wir lebten. Das Problem der Gewalt, das mir vorgeworfen wurde, habe ich vor dem Richter ausgeräumt, indem ich erklärte: »Gewalt ist, wenn man der deutschen Jugend einen Nazi-Kanzler aufzwingt.« Die Ohrfeige sorgte weltweit für Schlagzeilen; Walter Ulbricht beschloss, meinen Wahlkampf zu unterstützen, und Frankreich ließ mir die Freiheit, nach meinem Willen zu handeln. Heinrich Böll schrieb das Vorwort zu meinem Buch über Kiesinger. Ich habe bei den Parlamentswahlen 1969 nicht nur gegen Kiesinger gekämpft, sondern auch für Willy Brandt, den ich immer unterstützt hatte, und somit auch zu seinem Aufstieg ins Kanzleramt beigetragen. Ich nahm oft an den Demonstrationen gegen die NPD, der Partei von von Thadden teil, und wir erreichten es, dass sie nicht in den Bundestag einziehen konnte, denn sie scheiterte knapp an der 5-Prozent-Klausel. Die Ohrfeige ging in die Geschichte ein und zusammen mit Serge begann ich unseren Kampf gegen die Straflosigkeit der Nazi-Verbrecher.

Am 7. November 2023 feiern wir den 60. Jahrestag unserer Hochzeit und den 55. Jahrestag der Ohrfeige. Unser Sohn ist Mitglied des Staatsrates in Paris. Unsere Tochter ist Anwältin. Ich bin ein Großoffizier der Ehrenlegion; Serge ist Großkreuz der Ehrenlegion. Wir haben beide das Bundesverdienstkreuz 1. Klasse erhalten.

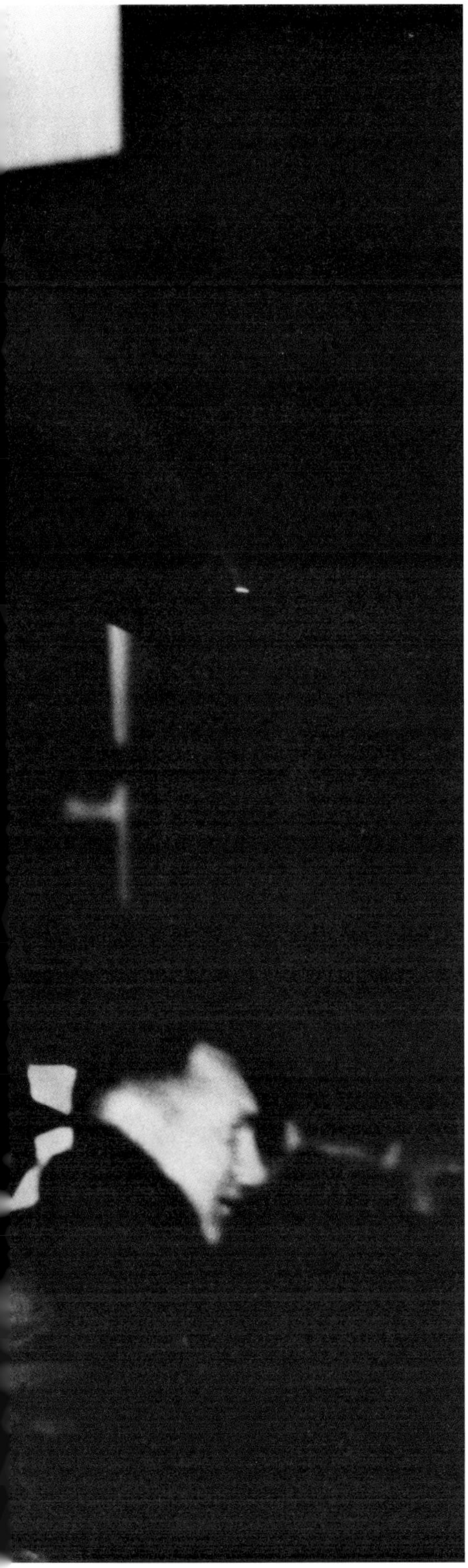

Hubert H. Humphrey in Berlin

Als der US-amerikanische Vizepräsident H. H. Humphrey am 6. April 1967 in Westberlin eintraf, befanden sich mehr als ein Dutzend Student*innen (darunter die elf Mitglieder der Kommune 1) in Polizeigewahrsam. Ihnen wurde vom Polizeibericht der Bau von Bomben, die Gesundheit und Leben des hohen Gastes hätten gefährden können, nachgesagt. Die »Bomben« waren selbstgebastelte Raucherzeuger, von den Studierenden in der Hand ausprobiert, und stammten im Gegensatz zu der Schlagzeile der Westberliner Zeitung *Der Abend* nicht aus »Maos Botschaft in Ostberlin«. Durch AStA- und Falken-Flugblätter ließen sich 2.000 Student*innen zu Demonstrationen vor dem Charlottenburger Schloss und vor dem Axel Springer-Hochhaus an der Mauer inspirieren.

6. April 1967, der Vizepräsident der USA, Hubert H. Humphrey, wird von Axel C. Springer vor dem Verlagshaus in Berlin verabschiedet

Student*innen begrüßen den »Repräsentanten der Macht, der die Freiheit Berlins in Vietnam und anderen Ländern so eindrucksvoll verteidigt« mit »Humphrey ist der Vizekiller« und »Jeder der den Springer liest, auch auf Vietnamesen schießt«

PEACE
NO
PRESTIGE

Steffen Lehndorff

Als Deutschland noch »Heimat« war: Ein Rückblick auf Vor-68

Über die Bedeutung von 1968 wird viel diskutiert. Das Einfachste sieht man jedoch nur, wenn man sich die Zeit davor vergegenwärtigt. Also jenes noch nicht »linksgrün versiffte« Deutschland, zu dem führende AfD-Politiker zurück wollen.

Dazu eine kleine Episode: Im Jahre 1964, ich war gerade 17 geworden, veröffentlichte ich in unserer Schülerzeitung einen Aufsatz. Thema waren die alljährlichen Einheitsbekenntnisse auf den Feierlichkeiten zum 17. Juni. Ich erblickte darin eine tiefe Unehrlichkeit, denn die Bundesregierung tue in Wirklichkeit nichts für die deutsche Einheit. In Wahrheit gehe es ihr – ich verknüpfte dies mit einem Adenauer-Zitat – um eine »Befreiung« Ostdeutschlands und folge dabei einer Strategie, die ich folgendermaßen beschrieb: »Isolieren der DDR – bewusst einseitige Propaganda-Darstellungen – Flüchtlingsstrom – Ausbluten der DDR... und dann offenbar Befreiung. Auf diese Weise wäre Deutschland wiedervereint, ohne dass man sich nur einmal mit den verhassten ›Kommunistenschweinen‹ an einen Tisch gesetzt hätte«. Ich hielt dies für »eine Methode, die vom rechtsstaatlichen, demokratischen Standpunkt aus abzulehnen ist«, und fügte hinzu: »Herr Ulbricht ist beileibe nicht fairer als seine westlichen Kollegen! Aber wollen wir Demokraten nicht besser sein als die Kommunisten?«

Man muss wissen: Ein Jahr davor hatte Egon Bahr in einer später berühmt gewordenen Rede jene Politik des »Wandels durch Annäherung« gefordert, die dann ab 1969 zum Leitgedanken der bundesdeutschen Entspannungspolitik werden sollte. Willy Brandts Berater war seiner Zeit weit voraus, aber offenbar waren meine Eltern hellauf begeistert und hatten mich angesteckt. Meine Mini-Provokation in der Schülerzeitung löste an der Schule und darüber hinaus Schockwellen aus. Ein anonym gebliebener »Herr aus Bonn« beschwerte sich »höheren Orts«, und einige Lehrer verlangten, dass zukünftig die Druckfahnen der Schülerzeitung einem »Vertrauenslehrer« vorgelegt werden sollten. Die Redaktion verwahrte sich jedoch gegen Zensur, und ein (!) Lehrer verteidigte in der folgenden Ausgabe das Recht eines Schülers, auch »Falsches zu denken« und einen derart »einseitigen und oberflächlichen« Aufsatz zu veröffentlichen, denn: »Wollen wir nicht, nun endlich, ein Volk von freien Bürgern werden?«

Ermutigt durch diesen Rückenwind schrieb ich einen weiteren Aufsatz. Diesmal gegen die Großveranstaltungen der Vertriebenenverbände zu Pfingsten eines jeden Jahres, jene Tummelplätze von Alt-Nazis, deren Anliegen damals noch die führenden Politiker aller Parteien unverbrüchliche Treue schworen. Doch diesmal schritt der »Vertrauenslehrer« ein. Er gab mir mein Manuskript mit einer Reihe von Korrekturen zurück, die den Protest zur schüchternen und brav vorgetragenen Frage mutieren ließen. Das wollte ich mir nicht gefallen lassen und zog den Aufsatz ganz zurück. Die Mitschüler in der Redaktion wehrten sich diesmal nicht.
Eine Winzigkeit, mehr war es nicht. Aber sie war symptomatisch für diese Jahre: Konformismus, Obrigkeitshörigkeit, Schlussstrich-Mentalität, Totschweigen der Nazi-Zeit bei personeller Kontinuität. Gelegentlich flackerte aber Neues auf: Die *Spiegel*-Affäre zwei Jahre zuvor, und nun der erste Auschwitz-Prozess. Es waren Vorboten der Erschütterungen von 1968 und der darauf folgenden Jahre, aus denen eine grundlegend demokratischere Bundesrepublik hervorging.

aus *KÖLN 68! Protest. Pop. Provokation.*, herausgegeben von Michaela Keim & Stefan Lewejohann, Nünnrich-Asmus Verlag 2018, redigierte Fassung.

Nach der Verabschiedung des US-Vizepräsidenten durch Axel Springer: Wasserwerfer im Einsatz gegen Student*innen, die gegen die Informationspolitik seiner Presse demonstrieren

Henning Venske

Springer-Verlag

Oben
Demonstrant*innen vor der Halle der Auslieferungsfahrzeuge

Unten
Auslieferungsfahrzeug mit Zeitungsbündeln als Schutz vor Steinwürfen

Besonders energisch keulte der Axel-Springer-Verlag mit all seinen Blättern gegen die »langhaarigen Affen« und die »Pestbeulen« der Protestbewegung. Es ist sicher nicht übertrieben, wenn man sagt, die Springer-Journalisten taten alles, um eine Pogromstimmung zu erzeugen, wobei sie es sich sehr leicht machten: Protestierer und Demonstranten wurden einfach in die Schublade mit den Ostagenten und den »Feinden des freien Westens« gesteckt.

Das ekelhafteste Kampfblatt des Springer-Konzerns war die Westberliner *BZ*. Die höhnte zum Tod von Benno Ohnesorg zynisch: »Wer Terror produziert, muss Härte in Kauf nehmen.« Kein Wunder, dass der Slogan »Enteignet Springer« breite Zustimmung fand.

Politiker, immer darauf aus, in den Springer-Blättern, vorzugsweise in der *BILD*-Zeitung, per Interview populistische Tiraden abzusondern, leisteten tatkräftige Beihilfe. Ludwig Erhard bezeichnete schon 1965 deutsche Intellektuelle, die es wagten, Politiker der Christenunion zu kritisieren, als Banausen, Schmutzfinken und Pinscher. Strauß und Stoiber sprachen von Ratten und Schmeißfliegen, und Strauß sagte 1969 über Demonstranten: »Diese Personen benehmen sich wie Tiere, auf die die Anwendung der für Menschen gemachten Gesetze nicht möglich ist.« Tiervergleiche haben in den politischen Auseinandersetzungen in Deutschland Tradition: Schon Goebbels sprach seinerzeit von parasitärem Geschmeiß.

Hetze jeder Art war für den Springer-Verlag schon in den 1960er Jahren ein gutes Geschäft. Rudi Dutschke platzte schließlich der Kragen, als er ausrief: »Wir kennen nur einen Terror: Und das ist der Terror gegen unmenschliche Maschinerie. Die Rotationsmaschinerie von Springer in die Luft zu jagen und dabei keine Menschen zu vernichten, scheint mir eine emanzipierende Tat zu sein.« Auslöser für diesen Ausbruch war der Aufruf der *BILD*-Zeitung an ihre Leserschaft, den »Terror zu stoppen«, »die Rädelsführer« zu ergreifen und »die Drecksarbeit nicht allein der Polizei zu überlassen«. Im Februar 1968 hatte der Berliner Senat eine »Pro-Amerika-Demonstration« veranstaltet, bei der Plakate mit der Aufschrift »Volksfeind Nr. 1: Rudi Dutschke« mitgeführt wurden. Im folgenden April wurde Rudi Dutschke durch drei Schüsse des nazistisch infizierten Josef Bachmann schwer verletzt. »*BILD* schoss mit« war allgemeiner Konsens, und dann kam es zu den schwersten Straßenschlachten seit der Weimarer Republik. Die Demonstranten machten den Springer-Verlag und seine systematischen Hetzkampagnen für das Attentat auf Dutschke verantwortlich, stürmten Lagerhallen, setzten Verlagsfahrzeuge in Brand und blockierten die Auslieferung der verhassten Zeitungen. Über 20.000 Polizisten waren im Einsatz. Sie verhafteten alle, die sie kriegen konnten, darunter auch alte Leute und Hausfrauen, die nur rasch was einkaufen wollten.

SPRINGER
wo bist du ?!
MÖRDER

Oben

Volker Gebbert demonstriert ein Ei als Wurfgeschoss

Unten rechts

Kommune 1 demonstriert die Ungefährlichkeit der Raucherzeuger im Grunewald für die Fernsehsendung *Panorama*

Oben rechts

Die Mitglieder der Kommune 1, v. l. Dieter Kunzelmann, Rainer Langhans, Ulrich Enzensberger, Dorothea Ridder, Fritz Teufel, Hans-Joachim Hameister, verdeckt: Dagmar Seehuber, Klaus Gilgenmann, Chefredakteur vom *Berliner Extra Dienst* und Volker Gebbert

***BILD* Berlin meldet »Bombenanschlag auf US-Vizepräsident«, die Kommunalen Langhans und Kunzelmann demonstrieren, dass es Pudding in Plastiktüten war. Kunzelmann: »Ein Nicht-Ereignis wurde zum weltweit beachteten Spektakel.«**

Kommune 1

Die Kleingruppe K 1 wurde Silvester 1966 von Studenten*innen in Westberlin in Anlehnung an die Commune de Paris von 1871, gegründet, folgte aber den Vorgaben des SDS. Als wesentliches Charakteristikum der K 1 bezeichnet Gerd Koenen ihre Fähigkeit der »Düpierung einer bigotten Öffentlichkeit«.

Die Mitglieder der K 1 vor der Atelier- und Arbeitswohnung des Schriftstellers Uwe Johnson in der Niedstraße 14, in der sie gemeinsam wohnen wollten

Uwe Wandrey

Anleitung zum Lesen gewisser Zeitungen

Lernen wir Zeitunglesen:
Lesen wir »ja«, wenn »nein« steht
lesen wir »nein«, wenn »ja« steht.
Wenn es heißt »überhöhte Lohnforderungen«
lesen wir »überhöhte Gewinnforderungen der Unternehmer«.
Glaubt den Meldungen nicht, die euch einreden wollen
es geht euch gut, weil ihr Geld verdient.
Wisst, dass man euch kauft,
damit ihr über das Unrecht schweigen werdet,
wisst, dass das Geld mit dem man euch zum Schweigen bringt
euer Geld ist.
Wenn gedruckt steht, und zwar schwarz auf weiß
und mit Foto »Polizist von Demonstrant verletzt«
wollen wir ergänzen »nachdem dieser Polizist
zehn andere wehrlose Demonstranten niedergeknüppelt hatte«.

Wenn ihr hört, dass in Asien
unschuldige Kinder dem ungeheuren Schicksal des Krieges,
wie sie sagen, zum Opfer fielen, wenn ihr das hört,
glaubt nicht an Schicksal, sondern sucht die Ursachen
und sucht die Schuldigen.
Sie planen eure Opfer prozentual voraus.
Sucht aber die Ursachen nicht nur in den Personen,
sondern sucht sie vor allem in dem System, welches sie zwingt,
andere zu unterdrücken und zu töten.
In ihrem System könnt ihr wählen zwischen Krise und Krieg.

Statt »Notstand befürchtet« lesen wir
»Notstand erwünscht« und wenn es geschrieben steht,
dass der gestrige Tag, an dem uns der Schah besuchte,
»ein schwarzer Tag« war
lesen wir »dieser Tag war hell, weil er gezeigt hat,
dass uns schwarze Tage bevorstehen«.
Und wenn euch erzählt wird
dass für Ruhe und Ordnung gesorgt werden muss
fragt nach den Unruhigen und Unzufriedenen
fragt sie, was sie so unruhig macht.

Solltet ihr morgen in eurer Zeitung lesen,
dass eure Freiheit und eure Demokratie bedroht sind
und dass man euch an die Waffen befiehlt,
fragt euch ernsthaft, ob ihr Freiheit und Demokratie
je besessen habt. Fragt, ob nicht diejenigen,
welche euren Staat für bedroht erklären
euch diese Gefahr einreden
damit ihr euren Willen und euer blindes Vertrauen
an sie abtretet und damit sie euch
das Übel nicht mehr einreden brauchen, sondern
es euch selber bescheren.
Versucht, in den Beschuldigern die Schuldigen zu erkennen.

Lest die Zeitungsartikel rückwärts
die Schlagzeilen zum Schluss
die letzten Seiten zuerst.
Lasst euch nicht irre machen von den Fotos, sie beweisen nichts.
Die neuesten Meldungen sind fast immer halb gelogen:
Je fetter die Schrift, umso dünner die Wahrheit.
Fragt euch jeden Tag, was ihr in den Zeitungen vermisst.
Misstraut jeder Nachricht. Sie ist nicht deshalb wahr,
weil sie gedruckt ist. Vergesst nicht:
Die Wahrheit ist käuflich
ihr aber seid für die ganze Wahrheit noch immer zu arm!

Fragt am Kiosk öfter mal nach ganz anderen Zeitungen,
bevor es sie nicht mehr gibt. [...]

Räumung des Henry-Ford-Baus

Im überfüllten Audimax berichtete der AStA den Studierenden über die Verlagerung von 47.700 DM studentischer Gelder auf ein Sonderkonto der Universitätsverwaltung, über das geplante Verbot von Rezensionen eines »Forschungsseminars« von Prof. Fraenkel, über das beabsichtigte Verbot des SDS an der FU und über die Entgegennahme einer schwarzen Liste des Bürgermeisters Heinrich Albertz, die Namen von demonstrierenden Student*innen enthielt. Nachdem gegen 21 Uhr die Student*innen aus dem Akademischen Senat von dem Rezensionsverbot erfahren hatten, wurden weitere Informationen vom Senat verweigert. Während einer Pause der AStA-Veranstaltung wollte ein Intendant des Forum Theaters zu der Musik einer Beat-Band Lyrik vortragen. Der Band wurde der Strom abgeschaltet.

Zwanzig Minuten vor Mitternacht erschienen auf Anforderung des Rektors 70 Polizisten auf dem FU-Gelände. Sie begannen um 0 Uhr, die 2.000 Studierenden aus der Halle des Henry-Ford-Baus zu tragen und auf die Steine der Parkanlagen zu werfen, stellten aber nach 15 Minuten ihre Aktion ein. Der Akademische Senat war darüber empört. Man telefonierte mit dem Polizeipräsidenten und dem Innensenator. Eine Dienstaufsichtsbeschwerde gegen den Polizeipräsidenten wegen unterlassener Hilfeleistung war im Gespräch.

Protestversammlung an der FU Berlin,
überfülltes Audimax und Vietnamfahne

Rudi Dutschke am Mikrofon, links von ihm Knut Nevermann

Rudi Dutschke

Rudi Dutschke war ein deutscher marxistischer Soziologe und politischer Aktivist. Man kann ihn als Wortführer der Studentenbewegung der 60er Jahre in der BRD bezeichnen. Er wurde 1940 geboren und wuchs in der DDR auf, wo er sich in der evangelischen Jungen Gemeinde Luckenwalde engagierte, die ihn religiös-sozialistisch prägte. 1960 holte er sein Abitur in Westberlin nach und begann ein Jahr später, Soziologie an der FU Berlin zu studieren. Er war Mitbegründer der Subversiven Aktion, die sich 1964 dem Sozialistischen Deutschen Studentenbund (SDS) anschloss. Die Studentenbewegung um Dutschke rief Ende der 1960er Jahre den »langen Marsch durch die Institutionen« aus, denn das gesellschaftspolitische System der BRD war ihrer Ansicht nach durchsetzt von Ex-Nazi-Funktionären. Es wurden eine grundsätzliche Reform und eine Veränderung des gesellschaftlichen Klimas gefordert. »Unter den Talaren Muff von 1000 Jahren« lautete die Studierendenparole: Nach langer Untätigkeit sollte endlich die Nazi-Vergangenheit vieler Professoren an bundesdeutschen Universitäten aufgearbeitet werden.

Nach Kiesingers Amtsantritt und der Erschießung Benno Ohnesorgs trat Dutschke immer häufiger in der Öffentlichkeit auf: Abrüstungskampagne, Demonstrationen gegen die Notstandsgesetze, Demonstrationen gegen den Vietnamkrieg. Er gestaltete außerdem den Internationalen Vietnamkongress 1968 in Westberlin mit. Im selben Jahr wurde Rudi Dutschke vom 23 Jahre alten Josef Bachmann auf offener Straße niedergeschossen und schwer verletzt. An den darauffolgenden Ostertagen kam es zu starken Unruhen in der BRD: Es brannten Lieferwagen des Springer-Verlags, Student*innen warfen Molotow-Cocktails gegen das Springer-Hochhaus. Die Springerpresse hatte zuvor Stimmung gemacht gegen Dutschke und die Studentenbewegung. Man müsse »hart durchgreifen«, die »Täter abschieben« und »ausmerzen«. Bachmann wurde später wegen versuchten Mordes zu sieben Jahren Haft verurteilt, 1989 wurde für sein Mordmotiv von einem rechtsextremen Hintergrund ausgegangen und es wurden Verbindungen in die Neonaziszene nachgewiesen.

Es brauchte viele Operationen, bis Dutschke sich langsam von den Folgen des Attentats erholen konnte; grundlegende Fähigkeiten wie Sprechen und Lesen musste er neu lernen. Er lehrte ab 1971 als Gastdozent in Aarhus und promovierte 1973 in Berlin mit der Arbeit *Zur Differenz des asiatischen und westeuropäischen Weges zum Sozialismus.*

Rudi Dutschke starb am 24. Dezember 1979 in Aarhus nach einem epileptischen Anfall, eine Spätfolge des Attentats, in seiner Badewanne. Er hinterließ seine Frau Gretchen und drei Kinder. Dutschke wurde am 3. Januar 1980 in Berlin-Dahlem beigesetzt – den Trauerzug begleiteten etwa 6.000 Menschen.

Oben

Nevermann und am Mikrofon Hans-Joachim Hameister von der Kommune 1 im überfüllten Henry-Ford-Bau, Hameister ruft dazu auf, sich zu besinnen: »Was wir tun, enthüllt das, was die Politik von oben verschleiert.«

Unten

Rektor Lieber fordert die Student*innen auf, die Universität bis 24 Uhr zu verlassen

S. 98/99

24 Uhr, die vom Rektor angeforderte Polizei rückt an

Friedemann Schulz von Thun

Erinnerungen an die Zeit 1967

Meine Erinnerungen an diese Zeit sind mit sehr gemischten Gefühlen verbunden und mit einem Unbehagen, was meine eigene Rolle angeht. Was für gemischte Gefühle – und woher das Unbehagen? Die Antworten ergeben sich aus dem folgenden Text. Ich habe ihn so ähnlich schon einmal in meinem Buch vom *Inneren Team* formuliert (Schulz von Thun, 1998). Denn es scheint mir, dass meine inneren Reaktionen auf die »linken Studierenden« damals so widersprüchlich waren, dass ich zu einer eigenen Haltung nicht wirklich gefunden habe – und damit politisch unmündig geblieben bin.

Die linke Studentenbewegung hat mich als braven Bürgersohn im ersten Semester überrascht und überrumpelt. 1965 hatte ich in Hamburg Abitur gemacht, dann war ich zwei Jahre im Wehrdienst bei der Bundeswehr – nirgendwo dort eine Spur von Widerstand oder gar Revolution, kein Aufbegehren gegen das Autoritäre. Und dann bei der Erstsemesterfeier 1967 im Audimax – die Professoren zogen in ihren Talaren zu feierlicher Musik von Händel ein, da erschien plötzlich das berühmt gewordene Spruchband: »Unter den Talaren – Muff von 1000 Jahren« (in Anspielung an das sogenannte »Tausendjährige Reich« der Nationalsozialisten). Und ich traute meinen Augen nicht: Einen der beiden Studenten, die das Spruchband unbotmäßig und provokativ durch den Hörsaal trugen, kannte ich gut aus vorangegangener Zeit – das war doch Detlef Albers aus meiner alten Schule, der Gelehrtenschule des Johanneums! Ich hatte gegen ihn schon Schach gespielt, und in der Tanzschule hatten wir ihn 1961 zum »Tanzsprecher« gewählt – wohl wegen seiner Ausstrahlung von Seriosität und Reife. Und nun das! Donnerwetter! Irgendetwas musste in der Zwischenzeit passiert sein!

In der folgenden Zeit konnte man einigermaßen normal studieren, aber immer wieder gab es Demonstrationen, Vollversammlungen, Aufmärsche und Sit-ins, wurde die »bürgerliche Psychologie«, die ich studieren wollte, als von der Ideologie der Herrschenden infiltriert dargestellt, wurden Veranstaltungen gesprengt. An manchen Tagen hatten die Protagonisten der linken Bewegung das Institut besetzt (und in »Wilhelm-Reich-Institut« umbenannt), zum Teil einschließlich der Büroräume der Professoren (Professorinnen hatten wir damals nicht), an manch anderen Tagen hatte die Polizei die Räume zurückerobert – und so ging es hin und her.

Ich wusste nicht recht, was ich davon halten sollte/wollte. Einerseits schienen das gute Menschen zu sein: In ihrem Engagement für die Unterdrückten und die Ausgebeuteten, für die Leiden der Kriegsopfer in Vietnam, waren sie mir, dessen Horizont kaum weiter reichte als bis zu den persönlichen Belangen, moralisch weit voraus. Und wie respektlos und couragiert sie mit den etablierten Autoritäten umgingen! Was war ich dagegen für ein ängstlicher Duckmäuser! Und ich staunte, wie sie alles, was es gab und was passierte, politisch einordnen und bewerten konnten, aus einer »gesamtgesellschaftlichen Analyse« heraus. Ich fühlte mich klein mit Hut, kam bei der Durcharbeitung des *Kapitals* von Karl Marx nur bis Seite 42 und konnte auch sonst nicht richtig mitreden. Und hatten sie nicht recht in vielem, in allem?

Oben & S. 103 -105

Die Polizei räumt den Henry-Ford-Bau, schleift die Sit-in Teilnehmer*innen ins Freie und verlässt gegen den Willen des Rektors bereits um 24 Uhr 15 das Universitätsgelände

Oder doch nicht? Auf der anderen Seite waren sie mir unheimlich und unsympathisch, wenn sie in aufgebrachter Selbstgerechtigkeit die bürgerlichen Dozenten vorführten und hörsaalöffentlich an den Pranger stellten. Und wenn jemand eine Meinung riskierte, mit der er nicht die richtige Parteilichkeit bekundete, wurde er gnadenlos ausgebuht, ausgepfiffen, mundtot gemacht – besonders auf großen Versammlungen. Aber bewies ich nicht gerade dadurch, dass ich solche Umgangsformen »nicht nett« fand, ein rückständiges bürgerliches Bewusstsein? Hatten sie nicht auch wieder recht, wenn sie argumentierten: »Die Forderung nach einem netten menschlichen Miteinander ist ein typischer bürgerlicher Zaubertrick (siehe Springer-Presse: Eine tägliche Rubrik im Hamburger Abendblatt lautete ›Seid nett zueinander!‹), mit dem von struktureller Gewalt und staatlich-monopolkapitalistisch organisierter Inhumanität abgelenkt wird und die Frage der Humanität auf die individuelle Ebene verlagert und auf den netten Ton reduziert wird«? Nein, der Ton der Revolution konnte wohl nicht lieb und nett sein, zumal »die Zeit der Appelle, Petitionen und Resolutionen vorbei« war, wie es hieß, und nun »Tacheles geredet« werden musste.

Auf der anderen Seite: War nicht die Achtung vor dem Meinungsgegner eine elementare Tugend auch in Zeiten des Umbruchs? War liberal immer auch »scheißliberal«? Stellen nicht Toleranz und Freundlichkeit ein ethisches Minimum dar, das in jedweden gesellschaftlichen Verhältnissen um der Menschlichkeit willen nicht preisgegeben werden darf? Bot vielleicht die rüde Intoleranz, mit der sie zuweilen auftraten, einen Vorgeschmack auf das, was man nach dem Sieg der Revolution zu erwarten hatte? »Lieber Gott, mach die bösen Menschen gut und die guten etwas netter!«, scherzte Ruth Cohn später in einem ganz anderen Zusammenhang und sprach mir nachträglich aus dem Herzen.

Mit einem Wort: Meine innere Aufstellung gegenüber »den« Linken, wie ich sie ausmachte, war überaus widersprüchlich.

Wem es nicht gelingt, eine solche innere Pluralität und Uneinigkeit aufzulösen und daraus eine klare Haltung zu entwickeln, bleibt politisch und menschlich geschwächt. Ich blieb politisch und menschlich ein armer Tropf, nach innen und nach außen. Nach innen verbreitete dieses »diffuse Gemuse« ein Unbehagen, sowohl den linken Student*innen als auch mir selbst gegenüber. Nach außen führte es zu profilloser Passivität, zu einem gelegentlich halbherzigen Mitläufertum, gelegentlich zu stiller Absonderung mit schlechtem Gewissen. Dabei hätte das in der Abbildung enthaltene Teampotenzial durchaus eine tragfähige Grundlage für einen eigenen Standpunkt abgeben können, mit der Möglichkeit, das eigene Gewicht in die Waagschale der Auseinandersetzungen zu werfen. Selbst der Zweifler hätte zu einer Position der Stärke beitragen können. So aber, im unerlösten Zustand, blieb nicht mehr als eine »graue Maus« (wie es damals hieß) übrig, die das Geschehen mit gemischten Gefühlen aus der Zuschauerwarte an sich vorbeiziehen ließ. Ob solche Überlegungen auch ein Licht werfen auf politisches Duckmäusertum im Hitler-Deutschland? Wie reagierte die Bevölkerung, wie reagierten die Menschen wie du und ich auf die Demütigung der jüdischen Mitbürger, die Entrechtung, die Pogrome, die Deportationen – um nur den für jedermann und jedefrau offensichtlichen Teil der Barbarei zu nennen? War da nicht auch jene Mischung aus Passivität und Unbehagen, die sich durch Wegschauen und Nicht-dran-Denken am ehesten bewältigen ließ? Victor Klemperer (1995), dessen ergreifendes Tagebuch aus jener Zeit fünfzig Jahre später veröffentlicht worden ist, war immer auf der Suche nach der wahren »Vox Populi« (Stimme des Volkes) und fand sie widersprüchlich und uneindeutig. Ich vermute, dass diese Stimme in jedem Einzelnen ein Stimmengewirr war. Durch Goldhagens Untersuchungen (1996) sind wir daran erinnert worden, dass der Antisemit im inneren Ensemble des Normaldeutschen, jedenfalls in der Dun-

kelkammer seiner Seele, seit jeher vertreten war als ein jahrhundertealtes kulturhistorisches Erbe – und nicht erst durch die faschistischen Machthaber hineinindoktriniert wurde. Diese haben ihn lediglich mit penetranter Propaganda aus der Dunkelkammer in den noblen Salon geholt, aus ihm ein ehrenwertes und prominentes Mitglied der inneren Gesellschaft gemacht. So lässt sich denken, dass es nicht nur die Angst vor Denunziation und Verfolgung war, die einen einhelligen Protest- und Entsetzensschrei im Keim erstickt hat, sondern auch eine ungelöste und daher lähmende Konfliktkonfiguration im Inneren des deutschen Seelenlebens: Mitleid, heimliches Grausen und klammheimliche antisemitische Genugtuung mögen das innere Patt begründet haben, das uns, einen großen Teil unserer Vorfahren, zu Menschen werden lassen, die passiv wegschauen und geschehen lassen.

Auch solche Erfahrungen und Überlegungen haben dazu beigetragen, dass ich für den Umgang mit der allfälligen inneren Pluralität das Modell vom Inneren Team entworfen habe – mit der Chance, aus der Not eine Tugend zu machen. Denn die verschiedenen Seelen in der Brust sind ja fast alle nicht dumm, haben je und je einen Zipfel der Wahrheit zu fassen. Jetzt kommt es »nur« noch darauf an, die Wahrheit, die zu zweit, zu dritt, zu viert beginnt, herauszuarbeiten und nach außen hin kraftvoll zu vertreten. Und wenn wir »alle beisammen haben«, dann umso besser!

Anna Bremer

Tränen

Deine Augen
Sind von Tränen nass
Bist du traurig?
Hast du Angst?
Nein
Es ist nur Tränengas

Aus deinem Mund
Kommt ein Schrei
Sag, was schmerzt dich?
Sag, was rufst du?
Wann endlich
Ist dieser Krieg vorbei?

Aus deinem Haar
Tropft dein Blut
Sag, wer war das?
Sag, warum?
Und woher
Nimmst du deinen Mut?

Dein Arm
Legt sich um mich
Ich seh Tauben fliegen
Und du sagst
Der Frieden
Braucht auch dich

AUTONOMIE DER TEHERANER UNIVERSITÄT
FREILASSUNG DER INHAFTIERTEN STUD
SCHLUSS MIT DEN FOLTERUNGEN
OLITISCHER GEFANGENER

Am Vorabend der Ankunft des Schahs in Westberlin spricht der Exil-Perser und Autor Dr. Nirumand vor rund 3.000 Student*innen im Audimax der FU gegen das diktatorische Schah-Regime in seinem Heimatland

Bahman Nirumand

Im Frühjahr 1967 erschien Bahman Nirumands Buch *Persien, Modell eines Entwicklungslandes*, das die westdeutsche Studentenbewegung stark beeinflusste. Darin kritisierte er die Korruption und Machtgier des Schah-Regimes sowie den Ausverkauf der nationalen Reichtümer. Kurz vor dem Staatsbesuch des Schahs hielt Nirumand am 1. Juni 1967 einen Vortrag als Gastredner an der FU Berlin, der u. a. zur Mobilisierung für die Demonstration einen Tag später in Westberlin beitrug.

BEWAFFNET NICHT DEN SCHAH FÜR
SEINEN KAMPF GEGEN DAS PERSISCHE VOLK
GERICHTSHÖFE UND
HEIMVERFAHREN
NIEDER MIT
MILITARDIKTA

Dieter Süverkrüp

Landesvaters Abendlied (1967)

Arme, unglückliche Soraya! Während der Schah glanzvolle Staatsbesuche macht, fristet sie mit einer bescheidenen Rente ihr Leben in den exklusivsten Badeorten der Welt. Und die Exkaiserin denkt an die Sexkaiserin, gegen welche sie ausgewechselt wurde, und ihr Herz krampft sich zusammen in wildem Schmerz. – Aber dann erinnert sie sich des glücklichen Landes unter persischer Sonne, und in ihrem Herzen beginnt es versöhnlich zu singen. Tante Emma schlägt die Illustrierte zu und singt ebenso versöhnlich mit:

Wenn die goldne Abendsonne
niedersinkt auf Teheran,
kneift der Schah die weiche Dibah
und zieht die Pantoffeln an.
Ach, es wird der Schah von seinen
Untertanen heiß verehrt;
auch bezüglich seiner Güte
hat sich noch kein Mensch beschwert.

Wenn die goldne Abendsonne
niedersinkt auf Teheran,
fängt für alle braven Bürger
frommer Feierabend an.
Auch der Henker, der am andern
Ende des Palastes sitzt,
hat soeben das Schafott für heut
zum letzten Mal benützt …
Henker lächelt, weil der Schah
verstohlen in die Werkstatt tritt.
Und der Schah raucht mit dem Meister
eine Zigarette mit.
Und so rauchen sie und schweigen
und die Abendsonne sinkt.
Und der Henker holt den Schrubber,
weil es sonst am Morgen stinkt.

Und der Schah sagt: »Schlaft gut, Meister«
wendet sich alsdann zum Gehn,
sieht noch gnädig nach der Ecke,
wo die vollen Körbe stehn.
Ach, der Schah, von seinem Volk
geliebt nun fast ein Leben lang,
zählt die Häupter seiner Lieben
und muss dann zum Staatsempfang.

1967 wurden durch den Schah von Persien in Westberlin die deutschen Achtundsechziger Jahre eröffnet, die auch unter der Bezeichnung Studentenrevolte bekannt wurden. Ihre Spätfolgen reichen bis in unsere Tage.

Verspottung des persischen Diktators
mit Schah- und Farah-Diba-Tüten

SFB
TAGESSCHAU
ARD
RFE

Begrüßung des Schahs durch Bürgermeister Albertz am Flughafen Tempelhof

Staatsbesuch des Schahs 1967

Der Staatsbesuch des Schahs am 27. Mai 1967 löste in der BRD Proteste und Kundgebungen aus. Diese hatten zum einen die Zustände im Iran zum Thema, zum anderen die Verhältnisse an westdeutschen Universitäten. In Westberlin als Zentrum der studentischen Protestbewegung kam es am 2. Juni vor der Oper zu schweren Zusammenstößen zwischen Studierenden, schahtreuen Perser*innen und der Polizei. Kriminalobermeister Karl-Heinz Kurras erschoss dabei Benno Ohnesorg.

Der Schah von Persien

Mohammad Reza Pahlavi, geboren 1919 in Teheran, war von 1941 bis 1979 Schah von Persien. Er nahm den Platz seines Vaters ein, als dieser von Großbritannien ins Exil gezwungen wurde. Sein Programm der schnellen Modernisierung und der Erschließung von Ölfeldern brachte ihm zunächst die Unterstützung der Bevölkerung ein, doch sein autokratischer Stil, die Unterdrückung abweichender Meinungen, brutale Folter und Korruption sowie die ungleiche Verteilung des neuen persischen Ölreichtums verstärkten den Widerstand unter der Führung des im Exil lebenden Geistlichen Ayatollah Ruhollah Khomeini. 1979 floh Mohammad Reza Pahlavi ins Exil.

Henning Venske

Juni 1967

Einen entscheidenden Schub erhielt meine Politisierung durch die Ereignisse im Juni 1967. Auf Einladung von Bundespräsident Heinrich Lübke sollte der persische Schah mit Farah Diba, der Schahbanu und designierten Mutter seines Thronfolgers, die Bundesrepublik besuchen. Aus diesem Anlass veröffentlichte Ulrike Meinhof in *konkret* einen offenen Brief, in dem sie der Kaiserin vorhielt, nur unzureichend über die Zustände in Persien informiert zu sein und in Deutschland ein völlig falsches Bild von ihrem Land zu vermitteln. Ulrike Meinhof schrieb über die katastrophale Armut und den miserablen Gesundheitszustand der Bevölkerung, die Wohnungsnot und die Kindersterblichkeit, über Zensur und Polizeigewalt, dass Entwicklungshilfe wegen der Korruption versickerte, dass Gerichtsprozesse unter Ausschluss der Öffentlichkeit stattfanden, dass rebellische Studenten und Schüler jederzeit zusammengeschossen werden könnten und in Ungnade gefallene Parlamentsabgeordnete verhaftet, gefoltert und ermordet würden. Sie wies auch darauf hin, dass seine Opiumplantagen dem Schah jährlich Millionen einbrachten und dass er der Hauptlieferant der in die USA geschmuggelten Narkotika war. Und schließlich zitierte sie einen Satz des Schahs, den Hubert Humphrey weitergetratscht hatte: Die Armee sei »dank der US-Hilfe gut in Form«, sie sei auch »in der Lage, mit der Zivilbevölkerung fertig zu werden«. Dieser Text von Ulrike Meinhof enthielt Informationen und war in einem Ton geschrieben, der mir neu war. Das konnte man so in den Mainstreammedien weder lesen noch hören oder sehen. Dieser Brief machte mir klar, dass ich unzureichend informiert wurde, er weckte grundsätzliche Zweifel an der Unabhängigkeit der Medien und den Verdacht, dass unser politisches System beabsichtigte, die Bevölkerung im Zustand der Unwissenheit zu halten.

Als die Herrschaften vom Pfauenthron dann in Westberlin waren, zeigte das Fernsehen – wie üblich – unsympathisch wirkende Bilder von aufgebrachten und wütend schreienden Demonstranten. Das Film- und Fotomaterial, das sogenannte »Prügelperser« zeigte, Angehörige des persischen Geheimdienstes SAVAK, die mit den Latten ihrer Pro-Schah-Transparente und mit Totschlägern auf Demonstranten einschlugen, war spärlich, und der Einsatz von Berliner Prügelpolizisten, manche hoch zu Ross, von zivilen Greifertrupps und von Wasserwerfern wurde wie immer verharmlost, als befände sich die Staatsmacht in einer schrecklichen Notwehrsituation. Kommentatoren sprachen wie gewohnt von einigen verletzten Demonstranten, aber von zahlreichen verletzten Polizisten. Als dann am Abend vor der Deutschen Oper Demonstranten versuchten, dem Staatsbesuch den Opernbesuch mit einem Hagel von Tomaten, Eiern und Steinen zu vermiesen, was aber misslang, weil sie gar nicht nah genug herankamen, ordnete ein Herr Duensing von der Berliner Polizeiführung die sogenannte Leberwursttaktik an: Man nehme die Demonstration als Leberwurst, dann steche man in die Mitte hinein, damit die Wurst am Ende auseinanderplatzt. Das war eine brutale Vorgehensweise, um Panik zu erzeugen. Die Menschen versuchten zu fliehen, und der in Zivil agierende Polizeiobermeister Karl-Heinz Kurras erschoss ohne jeden Grund den vor der Polizeigewalt flüchtenden Studenten Benno Ohnesorg.

S. 114/115

Empfang des Schahs und seiner Gattin Farah Diba im Schöneberger Rathaus

In der offiziellen Berichterstattung wurde die Ermordung von Benno Ohnesorg als Querschläger eines Warnschusses ausgegeben, und um die Gefährlichkeit der Proteste zu unterstreichen, wurde auch von der Bedrohung durch die mögliche Vorbereitung eines Bombenanschlags gesprochen. Kurras wurde einige Monate später von der Anklage der fahrlässigen Tötung freigesprochen. (Als im Jahre 2009 herauskam, dass Kurras inoffizieller Stasi-Mitarbeiter der DDR war, hatte der Springer-Verlag die wahren Schuldigen gefunden und konnte die Westberliner Polizei entlasten.)

Der Tod Benno Ohnesorgs polarisierte das öffentliche Leben im Land. Dass ein Diktator wie der Schah in die demokratische Bundesrepublik Deutschland eingeladen wurde, war vielen, gerade auch jungen Menschen, unverständlich und galt ihnen als Beweis für die opportunistische Haltung der Bundesregierung gegenüber den USA. Ein Teil der APO propagierte nun den »langen Marsch durch die Institutionen«, für andere begann der Weg in den Untergrund Richtung RAF. Sie waren der Meinung, dass Gewalt sich nur mit Gewalt bekämpfen ließe. Wieder andere, wie zum Beispiel Fritz Teufel, gründeten die Spaßguerilla, um die Staatsgewalt mit provokanten Aktionen der Lächerlichkeit preiszugeben.

Seit den Demonstrationen im Jahr 1967 wird das Einkesseln, Zusammenknüppeln und Verhaften sowie das Speichern der Personaldaten von als »links« angesehenen Demonstranten als demokratieerhaltende Maßnahme betrachtet und entschuldigt. Gleichzeitig werden antifaschistische Aktivisten systematisch kriminalisiert, zum Beispiel auch die Vereinigung der Verfolgten des Naziregimes – Bund der Antifaschisten. Aber ordnungsgemäß angemeldete Demonstrationen diszipliniert marschierender Nazis erfreuen sich von Amts wegen oft eines eher wohlwollenden polizeilichen Begleitschutzes.

Die publizistische Rechtfertigung für diese Entwicklung fand sich in den Rundfunksendungen – besonders profiliert die Kommentatoren des Senders Freies Berlin – und in Fernsehmagazinsendungen, besonders hetzerisch ein Herr Löwenthal vom ZDF. (Dem saß ich mal in einem Zugabteil zwischen Bonn und Rüdesheim gegenüber. Wir »erkannten« uns, und er zeigte mir beiläufig, ohne etwas zu sagen, dass er eine Schusswaffe unter seinem Jackett trug.)

Mitglieder des persischen Geheimdienstes SAVAK, sogenannte »Jubelperser«, vor dem Schöneberger Rathaus während des Empfangs des Schahs

ES LEBE
DER SCHAH
FREUNDSCHAFT
IN BERLIN

MÖRDER!
SCHLUSS MIT DEN
UNIVERSITÄT

Rolf Nagel

Auszug aus *Das Hundeauge. Eine deutsche Familiengeschichte* (2020)

Mit meiner Arbeit am Thalia Theater, dem Schauspielunterricht an der Hochschule für Musik und Theater und mit der Übernahme der Leitung der Schauspielabteilung war ich seit dem Herbst 1966 mit Arbeit bis zum Stehkragen eingedeckt.

In diese »Vollbeschäftigung« platzte am 2. Juni 1967 ein Ereignis, das den Beginn einer Radikalisierung der westdeutschen Studentenbewegung auslöste: die Ermordung des Studenten Benno Ohnesorg während der Demonstrationen gegen den Besuch des Schahs von Persien in Westberlin. Der Student Ohnesorg wurde durch einen Schuss aus der Pistole eines Kriminalbeamten aus kürzester Entfernung in den Hinterkopf getötet. Die Berliner Polizei versuchte den Fall zu vertuschen, was die Emotionen hochschlagen ließ.

Ich war damals kein Student mehr. Ich war Schauspieler am Theater und Lehrer an einer Hochschule und mit siebenunddreißig Jahren hatte ich mich gerade von meiner Vätergeneration freigestrampelt, zählte aber andererseits nicht zu dieser Generation von jungen Menschen, die jetzt versuchten, in dieser aus unterschiedlichen Ideologien zusammengekleisterten Gesellschaft ihren eigenen Platz zu behaupten. Ich war erschrocken über diesen Ungehorsam, spürte aber zugleich den Anfang von etwas, zu dem ich in meiner Jugend nie den Mut gehabt hatte. Diese Studenten machten mich offener und kritischer. Das blieb nicht folgenlos.

Links oben

Demonstrant*innen und Schaulustige hinter der Absperrung vor dem Rathaus

Links unten

Polizeipräsident Erich Duensing (links) lässt nicht die Bevölkerung und die Demonstrant*innen schützen, sondern den persischen Schlägertrupp

»Jubelperser« prügeln mit Latten auf Demonstrant*innen und Schaulustige ein, die Polizei schaut weg

Schutzpolizei
Berlin
Schutzpolizei
Berlin

S. 124–127

Kurz vor der Ankunft des Kaiserpaares vor der Deutschen Oper, der Leiter der Presse- und Informationsstelle des Senats teilt mit: »Heute gibt es Dresche«

raus aus
west be
nieder
mit dem
SCHAH

Franz Josef Degenhardt

Ostermarschlied 68

Da habt ihr es, das Argument der Straße.
Sagt bloß jetzt nicht: nur ein Verrückter schießt.
Ihr kennt sie doch, die grinsende Grimasse,
die sagt, dass auch der Dutschke noch ein Mensch ist.
Ihr habt gewusst, wie man uns hetzt und jagt.
Ihr habt es Tag für Tag gesehen.
Es kotzt mich an, wie ihr jetzt laut beklagt
ein sogenanntes tragisches Geschehen.

Was nützt Protest, Entrüstung, Klagen!
Ihr wisst genau, wer jene Mörder sind.
Die haben Liebknecht, Rosa Luxemburg erschlagen.
Die Hintermänner kennt doch jedes Kind.
Sie sind noch da. Und sie regieren hier,
die ihren dreckigen Profit aus allem schlagen.
Die legen jene einfach um, die das
Geschäft zu stören wagen.

Macht endlich Schluss mit diesem faulen Frieden,
mit unserer Angst, die man täglich schürt.
Sonst wird uns wieder mal ein sogenanntes Los beschieden,
das uns zum dritten Male an die Schlachtbank führt.
Beginnt! Sofort! Die Zeit langt kaum noch hin,
die Zwischenhändler reiben sich die Hände
und rechnen auf den ganz großen Gewinn
und unser Ende.

Oben
Die Polizei greift Demonstrant*innen und Schaulustige ohne Vorwarnung an

S. 129 Unten & S. 131–133
Polizisten überqueren dabei die Absperrung sowohl links als auch rechts von den Demonstrant*innen und Schaulustigen, um sie wie eine »Leberwurst« zusammenzupressen und dann dort, zum Entsetzen der Student*innen, in die Menge »hineinzustechen«

Franz Josef Degenhardt

2. Juni 1967

Da habt ihr es, das Argument der Straße.
Sagt bloß jetzt nicht: Das haben wir nicht gewollt.
Zu oft verhöhnt habt ihr die sogenannte Masse,
die euch trotz allem heut noch Beifall zollt.
Nun wisst ihr es: Uns ist es nicht genug,
in jedem vierten Jahr ein Kreuz zu malen.
Wir rechnen nach und nennen es Betrug,
wenn es gar keine Wahl gibt bei den Wahlen.

Jetzt schreiben wir die Kreuze an die Wände
mit roter Farbe. Warum eure Wut?
Das ist doch Farbe. Aber eure Hände
sind seit Berliner Tagen voller Blut.
Zerquetschte Schädel stellt ihr zum Vergleich
geplatzten Eiern und Tomaten.
Das ist nicht neu in diesem Land! Und euch,
euch paar'n, die ihr mal anders wart, was soll man euch noch raten?

Genau das ist die Mischung, die wir kennen:
Gerührt bei kindischer Sorayerei.
Und das schlägt zu, mitten im Flennen.
Aus Rotz und Blut ist dieser Brei.
Warum, verdammt, seid ihr nicht aufgewacht,
bevor die Kugeln trafen?
Jetzt denkt an Deutschland in der Nacht,
und sagt, wer kann noch ruhig schlafen?

Frohen
genießen
HB ist mild
und

Opfer von prügelnden Polizisten

S. 136/137
Die Polizei räumt die Wiese Ecke Krumme Straße/Bismarckstraße kurz vor dem Schuss auf den Studenten Ohnesorg

Ein von der Polizei geschlagener Student wird aus dem Garagenhof Krumme Straße gedrängt. Im Hintergrund mit weißem Kragen der Zivilbeamte Karl-Heinz Kurras, der den tödlichen Schuss auf Benno Ohnesorg abgab. Die Identität des Schützen auf dem Foto wurde durch die Recherche des Autors Uwe Soukup enthüllt.

Oben Rechts

Der Garagenplatz Krumme Straße mit dem tödlich getroffenen Benno Ohnesorg

Unten Rechts

Eine Frau bemüht sich als erste um den Schwerstverletzten. Im Hintergrund Wasserwerfer auf der Krummen Straße

D
B-UE 474

B
WM 960

Luc Jochimsen

Als wir unsere Unschuld verloren. Tempi passati oder: Der Persische Teppich

Wie gut, dass diese Fotos wieder veröffentlicht werden. Ich hatte sie fast vergessen. Fast, denn in meinem Bewusstsein waren diese Bilder fest verankert. Diese Bilder, die ich nur in der Wiedergabe gesehen habe, veröffentlicht damals in Zeitungen, im Fernsehen. Und ähnliche Bilder, die ich miterlebt habe – als Chronistin, als Reporterin für den Rundfunk.

Ich bin ja mindestens ein Jahrzehnt älter als die 68er-Generation, studierte von 1956 bis 1961, hatte also die Universität schon fünf Jahre verlassen, als Bernard Larsson 1966 – wie hellsichtig er war! – im Sommer seine Reportage über den Uni-Protest und dann im Dezember die Dokumentation der Demonstrationen gegen den Vietnamkrieg machte. Meine Radiosendungen begannen erst ein Jahr später, 1967 in Hamburg. Go-ins, Sitzstreiks in der Universität, Sprechchöre (»Enteignet Springer!«) in der Innenstadt vor der Verlagszentrale, Vietnam-Tribunal, Fahrten zu den amerikanischen Kasernen mit Flugblättern (»Haut ab, Boys!«), bevor sie euch in den Krieg schicken … Rudi Dutschke sagte: »Die Konfrontation mit dem Staat muss gesucht und geleistet werden!« Davon war auch ich überzeugt. Ich stand an der Seite der APO, der Außerparlmentarischen Opposition, wenn ich auch nicht aktiv an ihr teilgenommen habe. Ich beobachtete, ich begleitete sie – ich gehörte nicht dazu, begriff mich aber an ihrer Seite, den Presseausweis stets dabei. Es herrschte eine kämpferische, optimistische Stimmung. Wir waren sicher: Die APO würde diese Auseinandersetzungen gewinnen. Was denn sonst – in einem demokratischen Land? Dieser Staat unter Einfluss der Hetzmaschine Springerpresse musste sich verändern!

Aber dann kam Anfang Juni der Schah nach Berlin. Es gibt drei Bilder in der Fotostrecke von Bernard Larsson, die für mich wie in einem Brennglas aufzeigen, was geschah. Das erste Foto lenkt den Blick auf eine dichtgedrängte Demonstranten-Menge, sommerlich lässig gekleidet, vollkommen unbewaffnet und schutzlos, auf die das persische Begleitpersonal des Schahs mit Holzlatten losgeht und auf sie eindrischt, ohne dass die deutsche Polizei eingreift, irgendetwas zum Schutz ihrer Mitbürger unternimmt. Ein Ausbruch fast kriegerischer Gewalt gegen erstaunt fassungslose Zivilisten … Das zweite Bild ist eine Innenaufnahme vom Empfang des Kaiserpaares im Rathaus: Um einen mittelgroßen

S. 140/141

Benno Ohnesorg, von der Polizei erschossen auf dem Boden des Garagenhofs. Über ihn gebeugt Friederike Hausmann: »Ist denn niemand hier, der helfen kann?«

persischen Teppich herum gruppieren sich bescheiden lächelnde Politiker in Reih und Glied – gewissermaßen als Komparserie für die kaiserliche Geschenk-Geste der überaus schönen und elegant gekleideten Schah-Gattin ... Das dritte Foto wurde weltweit bekannt: Benno Ohnesorg, der unbeteiligte junge Mann, niedergeschossen auf der Straße vor dem Opernhaus. DA HABEN WIR UNSERE UNSCHULD VERLOREN. Wir, die Kriegskinder und Nachkriegsgeneration, die an ein neues, demokratisches Deutschland glaubte. Sicher, wir kannten viele Missstände und Verratsmomente der herrschenden Politik und hatten sie zum Teil auch selbst erfahren. Trotzdem hielten wir diese Zeit für eine »glückliche«, wie Peter O. Chotjewitz später schrieb und erkannten nicht den »Misthaufen«, der diese Bonner Republik samt Rheinischem Kapitalismus von Anfang an war. Dieser Selbstbetrug war nun an sein Ende gekommen. Ein steigerungsfähiges Ende, denn der Wendepunkt war ja nicht statisch, er ging über in einen Prozess, dessen Eigendynamik in den folgenden Jahrzehnten immer neue staatliche Gewalt produzierte und produziert – bis zum heutigen Tag. Deshalb ist es keine Floskel, wenn ich schreibe: Wie gut, dass diese Fotos nach so langer Zeit wieder veröffentlicht werden. Denn machen wir uns nichts vor: Es wird gern schnell vergessen heutzutage. Eric J. Hobsham hat dieses Phänomen vor 20 Jahren in seinem Buch *Das Jahrhundert der Extreme* analysiert: Ein neues Zeitregime ist entstanden, das alles radikal auf die Gegenwart programmiert. Die Diktatur der kurzen Frist. Die Verbindung von Vergangenheit, Gegenwart und Zukunft ist zerschnitten, aufgelöst. Wir aber brauchen diese Verbindung, um Aufklärung und Vernunft in unser Zusammenleben zu bringen. Das ist die Botschaft, die uns diese Bilder – aus einer Zeit, die längst vergangen ist – heute mitteilen.

Nach Ohnesorgs Tod

Der Senat hatte ein generelles Demonstrationsverbot erlassen und dehnte es auf den Campus der Universität aus. Der Dekan der Wirtschafts- und Sozialwissenschaftlichen Fakultät, Prof. Dr. Wetzel, stellte die Hörsäle seiner Fakultät zur Verfügung und wurde deswegen vom Akademischen Senat und dem Bürgermeister, Heinrich Albertz, gerügt. Der Rektor, Prof. Hans-Joachim Lieber, war weder für seine Studierenden noch für die Professor*innen zu sprechen. Auf der Kundgebung sprachen die Schriftsteller Günter Grass, Reinhard Lettau, Erich Kuby und die Professoren Helmut Gollwitzer und Richard Löwenthal. Zur gleichen Zeit versuchten Berliner Bürger*innen, Autos, die Trauerflor trugen, umzuwerfen. Wo das nicht gelang, schlitzten sie die Reifen auf. Die Springer-Presse fuhr mit ihrer Hetze fort.

S. 149 Oben

Auf der Trauerkundgebung sprechen Rudi Dutschke (Mikrofon), Günter Grass, Reinhard Lettau, Erich Kuby und die Professoren Helmut Gollwitzer und Richard Löwenthal

S. 149 Unten

Stehend unter den Trauernden die Professoren Gollwitzer und Löwenthal

Auf dem Campus der FU Berlin

Benno Ohnesorg

Benno Ohnesorg wurde 1940 geboren und studierte nach seiner Lehre als Schaufensterdekorateur Romanistik und Germanistik in Westberlin. Er war, als er von Kriminalobermeister Karl-Heinz Kurras in den Hinterkopf geschossen wurde, erst 26 Jahre alt und wurde durch seinen Tod zur traurigen Symbolfigur der 68er-Bewegung und der damit verbundenen Proteste. Sein Tod und Kurras' Freispruch vor Gericht durch die von ihm behauptete Notwehr-Situation und weitere Falschaussagen von Polizeikollegen fachten die Radikalisierung und Ausbreitung der bundesrepublikanischen und Westberliner Studentenbewegung an. Beweggründe und Umstände der Tat wurden ab Mai 2009 erneut diskutiert, als bekannt wurde, dass Kurras seinerzeit inoffizieller Mitarbeiter des Ministeriums für Staatssicherheit der DDR gewesen war. Seit 2011 ist bestätigt, dass Kurras ohne Auftrag, unbedrängt und wahrscheinlich gezielt geschossen hatte. Dennoch wurde er nicht erneut angeklagt.

Ohnesorg war Pazifist und Kriegsdienstverweigerer und außerdem Mitglied einer evangelischen Studierendengemeinde. Er war durchaus politisch engagiert; so nahm er beispielsweise 1964 am Deutschlandtreffen der Jugend in Ostberlin teil, war Mitglied im Diskussionsclub Argument, unterschrieb eine Petition der Kampagne für Abrüstung der Ostermarsch-Bewegung oder ging zu Demonstrationen gegen die Bildungspolitik des Westberliner Senats. Auf Ohnesorgs Tötung folgten politische Unruhen, die aus dem Konflikt zwischen bürgerlichem Staat mitsamt seiner repressiven Konsumgesellschaft und einer unzufriedenen jungen Generation erwuchsen. Die oppositionellen Gruppen formierten sich als Außerparlamentarische Opposition (APO) und kritisierten beispielsweise die Reformierungsbedürftigkeit des Bildungswesens wie auch der bestehenden politischen Ordnung. Darüber hinaus wurde protestiert gegen den Vietnamkrieg, die NATO und die Notstandsgesetze.

Trauern um Benno Ohnesorg, im Hintergrund ein Banner mit der Aufschrift »PETER FECHTER, BENNO OHNESORG, WARUM?«

Der achtzehnjährige Peter Fechter wurde am 17. August 1962 von Angehörigen der Grenztruppen der NVA in Ostberlin erschossen.

PETER FECHTER
BENNO OHNESORG
WARUM?

S. 152/153

Rudi Dutschke spricht bei einem Teach-in kurz nach Benno Ohnesorgs Tod. Im Vordergrund seine aus den USA stammende Ehefrau Gretchen Dutschke-Klotz. Sie ist Autorin mehrerer Bücher, u. a. einer detaillierten Biografie ihres Mannes

Hungerstreik anlässlich eines vom Senat erlassenen Demonstrationsverbots

Konstantin Wecker

Den Grad der Unangepasstheit stetig steigern

Als ich anfing, politisch zu denken, gab es noch keine Studentenbewegung, auch die Demonstrationen in den Schulen begannen erst viele Jahre später. Den weltweiten Aufbruch von 1968 für eine gerechtere Welt konnte ich noch nicht einmal in meinen kühnsten Träumen erahnen. In Deutschland herrschte 1960 das autoritäre Klima der Adenauer-Ära und der Wiederbewaffnung. Die Welt der Waffen war bereits meinen Eltern verhasst, das gab mir sicherlich unbewusst eine erste Orientierung in diesen kalten Zeiten – mein Vater hatte nie eine Waffe in die Hand genommen und ist der Wehrmacht einfach ferngeblieben. Ich stürzte mich auf jeden Fall lieber in die Welt der Bücher und Musik statt in die Hysterie des Kalten Krieges. Und ich liebte die Oper, besonders Verdi und Puccini von klein auf. Bereits als kleiner Bub durfte ich mit meinem Kindersopran die Frauenstimmen von *La Traviata*, *Tosca* oder *La Bohème* gemeinsam im Duett mit meinem Vater, einem ausgebildeten Opernsänger, übernehmen.

Ich habe mit zwölf, dreizehn Jahren als Anarchist angefangen, um den Grad meiner Unangepasstheit danach schrittweise und stetig zu steigern. Ich hatte die Anarchie ganz instinktiv als mir zugehörig ergriffen, ohne damals überhaupt genau zu wissen, worum es dabei ging. Ich hatte auch noch nicht wirklich viele anarchistische Bücher gelesen. Aber ich ging trotzdem schon als 14-Jähriger mit einem Buch von Bakunin unterm Arm ins Gymnasium. Jeder sollte es sehen, vor allem mein mir verhasster Physiklehrer. Ein alter Nazi, wie die meisten meiner Zuchtmeister des sogenannten humanistischen Bildungsideals. Einige von ihnen werden vielleicht Jahrzehnte vor mir schon Heinrich Himmler unterrichtet haben, der ebenfalls bis zu seinem 13. Lebensjahr am Königlich-Bayerischen Wilhelmsgymnasium zur Schule gegangen war (danach bis zum Abitur am Humanistischen Gymnasium in Landshut).

»Nie wieder Faschismus, nie wieder Krieg«: Vielleicht war mir diese zentrale Forderung der wenigen Überlebenden der deutschen KZs und Vernichtungslager seit diesen wenig humanen Erfahrungen auch deshalb eine lebenslange Herausforderung. »Faschismus ist keine Meinung, sondern ein Verbrechen!« Mit diesem Satz hat mein Freund Martin Löwenberg (1925-2018) auf vielen gemeinsamen Demonstrationen Menschen zur Zivilcourage ermutigt, zum Beispiel Nazi-Aufmärsche durch Blockaden zu verhindern, Menschenleben zu retten und Geflüchtete zu verstecken. »Es kann legitim sein, was nicht legal ist«, sagt der frühere KZ-Häftling und Widerstandskämpfer Martin Löwenberg in dem gleichnamigen Dokumentarfilm von Petra Gerschner und Michael Backmund über sein Leben gegen Faschismus, Unterdrückung und Krieg. Gegen alte und neue Nazis zu demonstrieren war mir schon sehr früh eine Herzensangelegenheit. Und dabei hatte ich Unterstützung: Meine beiden Eltern dachten

und fühlten antifaschistisch und so begleitete mich meine Mutter auch noch in hohem Alter auf Demonstrationen gegen alte und neue Faschisten und Rassisten.
Erst später, als ich schon über zwanzig war, befasste ich mich dann auch noch mit marxistischen Theorien. Ich ging auch auf ein paar Demos, jedoch nie besonders eifrig und schon gar nicht in dem Ausmaß, wie es ideologisch geschulte Studenten damals taten. Mir waren das anarchische und antiautoritäre Denken und Handeln der ersten Jahre zwischen 1965 und 1969 viel näher als die Dogmen der verschiedenen Parteisekten, die dann ab 1970 aus dem Boden schossen.
Fasziniert und angezogen haben mich damals die Welt der Subkultur und die Suche nach einem anderen, freieren und aufrechteren Leben. Oft besuchte ich damals die vielen Kommunen in München und die Feste der jungen offenen Schwulenbewegung und ihrer Wohngemeinschaften.
»Freiheit, Wecker, Freiheit des hoaßt koa Angst habn, vor nix und neamands«, lasse ich meinem Lied »Willy« von 1977 meinen alten Schulfreund mir erklären. Für alle, die des Bayerischen nicht mächtig sind: »Freiheit, Wecker, Freiheit, das heißt keine Angst zu haben vor nichts und niemandem.« In diesem Lied habe ich mich aber auch schon mit den »Sonntagsnachmittagsrevoluzzern« auseinandergesetzt. Jene, die nur mitlaufen, weil es für sie eine Zeit lang opportun erschienen ist, und die danach ganz brav das Maul gehalten haben, weil es ihnen sonst nass reingelaufen wäre: Die, wie ich im »Willy« gesagt habe (natürlich auf boarisch), die ihre Freundinnen geschlagen haben, wenn sie einen anderen oder eine andere angeschaut haben, aber zugleich auf Versammlungen über die bürgerliche Moral hergezogen sind.

Ganz besonders geschätzt habe ich damals aber Rudi Dutschke, den mutigen Denker und Aktivisten. Seine Texte habe ich gelesen und seine Reden und Projekte verfolgt. Umso mehr freue ich mich jetzt über die Wiederbegegnung mit den Fotografien von Bernard Larsson. Er ist ein parteiischer Chronist der Proteste gegen die Notstandsgesetze, den Nazi-Muff an den Universitäten und gegen den verbrecherischen Krieg der USA gegen Vietnam etc. ab 1967. Aber auch ein Dokumentarist des subkulturellen Aufbruchs der 1960er Jahre, zum Beispiel in seinen berührenden Fotos von Jimi Hendrix.
In den Gesichtern der Protagonist*innen – ob bekannter wie Rudi Dutschke oder unbekannter Demonstrant*innen –, die er fotografisch festgehalten hat, wird Zeitgeschichte lebendig. »Frieden statt Prestige« steht handgemalt auf einem Pappschild, das Larsson fotografiert hat. Auf einem anderen »Autonomie für die Teheraner und Freilassung der inhaftierten Studenten«.
Betrachtet man diese Bilder auch noch Jahrzehnte später, kann man spüren, worum es damals und auch heute immer noch geht: Den Grad der Unangepasstheit stetig steigern und sich stark machen gegen jede Form der Ungerechtigkeit und für ein besseres Leben für alle Menschen auf diesem Planeten.
Deshalb werde ich niemals aufhören zu träumen von einer herrschaftsfreien Welt ohne Kriege, Rassismus, Patriarchat, ohne die zerstörerische Ausbeutung von Menschen und Natur, die den Planeten für den Profit und die Privilegien von wenigen zu vernichten drohen. Deshalb: Lasst uns lebendig bleiben und die Freiheit und Anarchie in der Praxis immer wieder neu entdecken und erschaffen.
Auch darin bleibt die globale Revolte von 1968 lebendig, bedeutend und sehr aktuell: Es geht ums Tun und nicht ums Siegen.

Alice Schwarzer

Auszug aus *Lebenswerk* (2020)

Meine Schulzeit ist wie meine Familienverhältnisse: chaotisch. Zuletzt gehe ich zur Handelsschule und mit 16 »ins Büro«. Da werde ich in der Buchhaltung schnell trübsinnig und flüchte am Feierabend mit meiner Mädchenclique in die Milchbar und zum Rock 'n' Roll und Jazz. Mit 23 erkämpfe ich mir, nach einem durch Putzen und Tippen finanzierten Sprachstudium in Paris, ein Volontariat bei den Düsseldorfer Nachrichten. Ich bin die einzige Frau unter acht Volontären und die Einzige ohne Abitur und Studium. Das hole ich später nach. Parallel zu meiner Tätigkeit als freie Korrespondentin in Paris studiere ich zwischen 1969 und 1973 an der berüchtigten »roten Fakultät« Vincennes in Paris, unter anderem bei Michel Foucault. Bei ihm belege ich die Kurse »Marxismus und Psychoanalyse« sowie »Sexualität und Macht«. Meine dabei erworbenen frühen Kenntnisse der amerikanischen Sexualforschung werden sich prägend auf den »Kleinen Unterschied« auswirken.

In Paris arbeite ich für den Rundfunk, meist den WDR, manchmal auch für *Spiegel* oder *Stern*, das österreichische *Neue Forum* und die niederländische *Vrij Nederland*. Meine Themen sind die sozialen und kulturellen Folgen des Mai 68: wilde Streiks in den Fabriken, skandalöse Verhältnisse in den Nissenhütten der Vorstädte, Repressionen gegen die Linke, das Erstarken der Rechtsextremen oder auch mal

die Avantgardemode von Yves Saint Laurent und Courrèges, die die Frauen im Anzug bzw. im Weltraumlook auf den Laufsteg schicken.
Ich war Journalistin geworden, weil ich dazu beitragen wollte, die Welt zu verbessern. Doch an mich, an uns Frauen habe ich dabei damals nicht gedacht. Frauen waren in den 60er Jahren einfach kein Faktor, da galt nur »die große Politik«. Im Rückblick beschämt mich, kaum wahrgenommen zu haben, dass erst 1961 die erste Ministerin im Adenauer-Kabinett auftauchte: die Gesundheitsministerin Elisabeth Schwarzhaupt (und das auch nur, weil die Parteifrauen jahrelang dafür gekämpft hatten).
Die Kämpfe der historischen Feministinnen waren vergessen, ihre Siege selbstverständlich. Fortschrittliche Frauen dachten nicht mehr in der Kategorie »Geschlechter«, sondern in der der Klassen. Selbst Simone de Beauvoir, deren »Anderes Geschlecht« 1949 erschienen war, hatte ja bis zum Aufbruch der neuen Frauenbewegung 1970 erklärt, sie sei keine Feministin, denn das Problem werde sich in der neuen, sozialistischen Gesellschaft schon rütteln. Das müssen wir uns einfach klarmachen: Vor der Frauenbewegung hatte eine Frau nur in Ausnahmefällen (wie im Fall von Virginia Woolf) ein politisches Bewusstsein von ihrer eigenen Lage als Frau. Wir konnten bestenfalls unser Frauenleben schildern, wie viele Schriftstellerinnen und Künstlerinnen es getan haben, ohne Schlussfolgerungen.
Die sogenannten »Frauenthemen« sind in diesen Jahren weniger mein Beruf, sondern eher mein Hobby. Doch ab Herbst 1970 bin ich eine der Pionierinnen der Pariser Frauenbewegung, des Mouvement de la Libération des Femmes (MLF). Eines Tages fragt mich der jüngere, eher linke Studioleiter des WDR in Paris: »Stimmt es, dass Sie im MLF engagiert sind?« Hm. »Aber das haben Sie doch gar nicht nötig.« Hmmm.
Ich habe mich nicht einschüchtern lassen. Das ist es, was vielen Frauen und auch so manchem Mann wohl am meisten imponiert. Dass ich mir bis heute weder das Denken noch den Mund verbieten lasse. Und dass ich auch keine Angst habe, mich mal zu irren oder mich unbeliebt zu machen. Denn das ist das größte Hindernis für Frauen auf dem Weg zu einer wahren Partnerschaft mit Männern: ihre Angst vor Liebesverlust. Doch sie täuschen sich: Respekt wiegt mindestens so schwer wie Liebe – und beide schließen sich keineswegs aus.

Auszug aus *Heißer Sommer* (1974)

Die Kugel hatte die rechte Großhirnhälfte durchschlagen. In seinem Kopf hatte man ein deformiertes Mittelmantelgeschoss gefunden. Da die Schwärzung fehlte, sei nicht zu ermitteln gewesen, aus welcher Entfernung Ohnesorg getroffen worden wäre. Man gehe jedoch davon aus, dass der Schuss auf den Studenten aus nicht allzu großer Entfernung abgegeben worden sei.

Ullrich legte die Zeitung auf den Tisch und sah die Leopoldstraße hinunter.

Das wird heute wieder heiß, sagte die Kellnerin, als sie Ullrich die Tasse Kaffee auf den Tisch stellte.

Er überlegte, an welchem Tag der Schah in München gewesen war. Am Nebentisch lachte eine Frau, die ein Butterhörnchen in der Hand hielt und zwei breite Goldringe am Zeigefinger trug. Der Mann neben ihr hatte seine Hand auf ihren Rücken gelegt und redete auf sie ein.

Ullrich sah die Fotos in der Zeitung. Der Student am Boden liegend. Über ihn gebeugt eine junge Frau in einem weiten schwarzen Abendkleid. Sie hält seinen Kopf. Am Hinterkopf und auf dem Boden: Blut. Daneben ein anderes Foto, drei Polizisten schlagen und treten auf einen am Boden liegenden Demonstranten ein, der sein Gesicht mit den Händen zu schützen versucht.

Und dann das Foto von dem lachenden Schah und Farah Diba, die eine kleine Krone im Haar trägt.

Ullrich hörte das kreischende Anfahren eines Autos und dann wieder dieses Lachen vom Nebentisch.

Zahlen, schrie er, zahlen.

Die Kellnerin sah ihn verwundert an, stellte das Tablett auf einen leeren Tisch ab und sagte dabei: Ja, ja, sofort.

Er trank seinen Kaffee nicht aus. Er stand sofort auf.

Ullrich hörte seine Schritte laut auf dem Pflaster der Leopoldstraße.

·

Die ersten schweren Regentropfen klatschten gegen die Fensterscheiben. Ullrich sah zum Fenster hinaus.

Auf dem Vorplatz der Universität hatten überall diskutierende Studenten und Studentinnen herumgestanden. Eine flimmernde Hitze stand über dem Platz. Ullrich suchte nach bekannten Gesichtern. Jemand fragte ihn, wohin die Demonstration ginge. Er wusste es nicht. Ziellos lief er durch die Menschenmenge. Studenten trugen Fahnen, Plakate und Transparente. Springers Schreiberhorden halfen Benno morden.

Durch ein quäkendes Mikrofon wurde etwas bekannt gegeben. Ullrich konnte es nicht verstehen. Er fragte die Umstehenden, aber auch die hatten nichts verstanden.

Ihm war aufgefallen, dass er mit jedem ohne jede Peinlichkeit reden konnte und sie mit ihm.

Er sah viele schwarze Fahnen, aber auch einige rote. Es wurde nirgendwo gelacht, aber überall geredet und diskutiert.

Ullrich versuchte, sich wieder zu konzentrieren. Er hörte den Regen gegen die Fensterscheibe prasseln und das Rumpeln des Donners. Der Student neben ihm sah von seinem Buch hoch und aus dem Fenster. Ullrich nickte ihm zu und wollte gerade sagen: So ein Gewitter lockert doch sofort die Atmosphäre hier, da blickte der Student schnell wieder vor sich in das aufgeschlagene Buch.
Die stehen da und glotzen nur, hatte ein Mädchen zu Ullrich gesagt, das im Demonstrationszug neben ihm ging. Ja, hatte Ullrich gesagt, die sind nicht ansprechbar. Das Mädchen, das ein sehr kurzes gelbes Kleid trug, erzählte ihm, dass sie vorhin beim Verteilen der Flugblätter von einem Mann angepöbelt worden sei. Dreckige Schlampe, hatte der gerufen und dann gesagt: Ganz richtig, dass sie einen von euch umgelegt haben.
Sie gingen nebeneinander bis zum Platz der Opfer des Nationalsozialismus, wo die Abschlusskundgebung abgehalten wurde. Nachdem der letzte Redner die Demonstration für beendet erklärt hatte, entdeckte Ullrich plötzlich Wolfgang in einer Gruppe von Demonstranten, die ein Transparent trugen: Enteignet Springer.

BLITZ BLITZ BLITZ
Attentat auf Rudi Dutschke
Gegen 16.35 wurde der Chefideologe des SDS auf dem Kurfürstendamm niedergeschossen. Er schwebt in Lebensgefahr. Der Attentäter hat sich in einem Haus verbarrikadiert. Das Haus wurde von der Polizei umstellt.
Weitere Meldungen über das Attentat im Anschluss an diese Nachrichten, sagte der Rundfunksprecher. Und nun Kurznachrichten.
Ullrich sprang auf. Einen Augenblick stand er im Zimmer und wusste nicht, was er zuerst tun sollte, das Licht oder das Radio ausschalten. Dann stürzte er hinaus. Die Treppe hinunterlaufend, zog er seine Parka an.

Kurz nach dem Attentat auf Rudi Dutschke fordert die Konzernleitung Polizeischutz für den Gebäudekomplex an der Kaiser-Wilhelm-Straße. Der diensthabende Polizeirat im Präsidium benachrichtigt den Polizeipräsidenten in dessen Privatwohnung. Der Polizeipräsident verfügt die genaue Beobachtung des Universitätsgeländes und insbesondere des SDS.

Fünfzehn Minuten später startet ein Polizeihubschrauber und überfliegt die Innenstadt. Er kreist über dem Universitätsgelände. Nirgendwo ist eine Menschenansammlung auszumachen.

Ullrich läuft zur Universität. Menschen, die lachen, erschrecken ihn. Sie konnten die Nachricht noch nicht gehört haben. Zwei Schüsse in den Kopf, hatte es geheißen. Ullrich sieht den Polizeihubschrauber über den Häusern kreisen. Er läuft schneller. Atemlos kommt er auf dem Universitätsgelände an. Der Keller ist verschlossen. Auf dem Platz vor dem Philosophenturm ist niemand zu sehen. Ein junger Mann geht über die Straße in Richtung Audimax. Ullrich fragt ihn, ob er irgendwo eine Menschenansammlung gesehen habe.
Nein, warum.
Auf Rudi ist geschossen worden, ein Attentat.
Der Junge sieht Ullrich überrascht an. Er will Einzelheiten wissen. Aber Ullrich hat sich schon umgedreht. Er glaubt, die anderen seien schon vor dem Springer-Hochhaus. Er läuft los.

·

Fast drei Stunden hatte Ullrich in der kalten Nacht vor der Geschäftsstelle des Abendblatts gestanden und diskutiert. Die Menschenmenge war langsam gewachsen. Die Diskussionen hatten sich, je später es wurde, langsam geändert, auch die Diskutanten. Es waren jetzt zumeist junge Menschen. Man redet darüber, wie man am besten gegen Springer vorgehen könne. Die meisten wollen die Scheiben einwerfen, gleich hier an der Geschäftsstelle. Wie kann man sich wehren gegen vier Millionen Zeitungen?

Ullrich hat alle Flugblätter verteilt. Er läuft vom Hauptbahnhof zur Moorweide. Er umklammert die Schraubenmutter. Diese Schweine. Den kalten Ostwind, der scharf über die Alster fegt, bemerkt er nicht. Er achtet nicht auf den Verkehr. Er spürt, dass alles anders sein könnte. Dass er keinen Hass haben müsste. Einer, der das verhindert, ist Springer.
Die Moorweide ist schwarz von Menschen. Er trifft Conny, der eine riesige Ballonmütze aus blauem Frottee trägt, darin eingelegt ein gelber Stern. Petersen in Lederjacke, auf dem Kopf einen Plastikhelm, Bully, Lister, Erika und die anderen.
Alle waren da. Aus dem Lautsprecher quäkt es. Ullrich kann nichts verstehen. Er sieht die Gesichter der anderen. Ernste Gesichter. Ullrich friert plötzlich. Der Demonstrationszug formiert sich. In der ersten Reihe Conny und Petersen.
Unterhaken, wird durch die Reihen gerufen.
Sie haken sich unter.
Brecht Springer die Gräten
alle Macht den Räten
Ullrich läuft. Er spürt seine Nebenmänner, er hört ihre Stimmen. Ullrich ruft: Ho-Ho-Ho-Chi-Minh. Er spürt ein Würgen in der Kehle. Er muss mit dem Rufen aussetzen.
Haut dem Springer auf die Finger
Ullrich ist heiß.

Wie leicht er die schweren Steine weiterreicht. Er fühlt sich kräftiger und stärker. Wie schnell die Barrikade vorn vor dem Absperrgitter wächst.
Wachs und werde zum Wald! eine beseeltere, vollentblühende Welt!
Ein Trupp Polizisten mit Tschakos und graugrünen Mänteln marschiert zu dem Absperrgitter.
Macht kaputt, was euch kaputtmacht.
Mit Schwung reicht er den Stein seinem Vordermann zu. Er glaubt, die Wärme der Hände der anderen an dem Pflasterstein zu spüren, den ihm sein Hintermann zureicht.
Schön, sagt er, wir brauchen Musik, eine Kapelle.
Sein Vordermann lächelt. Ein dünnes Lächeln in einem angestrengten Gesicht, aber ein glückliches Lächeln. Der Stein wandert von Hand zu Hand. Vorn wird er auf die Barrikade geschichtet. Die Barrikade wächst. Stein um Stein. Vor der Barrikade die Absperrgitter und dahinter die Bereitschaftspolizei. In Zweierreihe. Dahinter, wie ein großer grauer Panzer, der Wasserwerfer. Im Hintergrund der gewaltige Gebäudekomplex der Springer-Druckereien und der Redaktionen. Alle Fenster hell erleuchtet.
Im Hof der Druckerei formiert sich der Lkw-Konvoi mit der Samstagausgabe von *BILD*.
Die Hundertschaften marschieren zur Barrikade. Ein Lautsprecherwagen fährt vor.
Hier spricht die Polizei. Räumen Sie die Straße.
Eingehakt sitzen die Demonstranten vor der Barrikade.
Sie singen. Sie singen die Internationale. Nur wenige kennen den Text. Aber alle singen den Refrain.
An dieser Stelle kamen sie nicht durch.
Die Barrikade war schon zu hoch. Die sie verteidigten zu viele.

Uschi Reich

»Basisgruppe trifft sich im Englischen Garten ...«

Sozialdemokraten, Kommunisten

Sie kommt aus einer politischen Familie. Der Großvater mütterlicherseits war einer der Anführer gewesen, die nicht »heim ins Reich wollten« und sich lange gegen die Eingliederung des Sudetenlandes in das neue Deutschland wehrten. Später in den 60er Jahren erzählte man sich gern – bei Kaffee und Kuchen – wie die ganze Verwandtschaft in einer Nacht Tausende von Flugblättern verbrannt und Druckmaschinen zerschlagen hatte. Wie sie in das Innere der Slowakei geflüchtet war, um zu beraten, ob man zurück in die eigene Stadt oder gleich von dort nach Schweden gehen würde. Ihre Partei, die SPD, hatte Busse organisiert. Ein Onkel stieg ein, der Rest der großen Familie kehrte in den kleinen Ort Grottau im Sudetenland zurück. Vielleicht würde alles nicht so schlimm werden. Es wurde schlimmer.

Später – die Frauen waren nun unter sich – erzählte ihre Mutter, dass der Vater noch auf dem Heimweg, aus dem Zug heraus, verhaftet, ins Gefängnis gesteckt und genau ein Jahr später zum Sterben nach Hause entlassen wurde. Sie war damals 9 Jahre alt.
Seit dieser Zeit gebraucht die Großmutter das Wort »Hitler« nur mit dem Zusatz »das Schwein«. Haus und Geschäft wurden weggenommen, eine tschechische Familie gab ihr und ihren Töchtern Unterkunft während des Krieges.

Wenn man sie nun fragte, ging ihre Mutter nach oben und bat darum, ihr zu folgen. Ein bisschen heimlich tat sie dabei. Die Allgäuer Verwandten – viele konservativ oder parteilos wie ihre andere Großmutter – brauchten nicht alles zu wissen. Stolz zeigte sie ihren Antifaschistenausweis, den sie immer bewahrte, ihr ganzes Leben. Sie hätten damals bleiben können, in der Tschechoslowakei, so wie der Bruder der Mutter blieb (Kommunist und spinnefeind mit seiner Schwester, der Sozialdemokratin). Er war später in die DDR gegangen, während sie und der Rest der Familie in den Westen zogen. Freiwillig. Mit dem letzten Zug. Sie landeten in den Voralpen, einer gleichmäßigen Landschaft, nicht unähnlich der, aus der sie stammten. Nur die hohen Berge am Horizont waren neu.
Erst an seinem 65. Geburtstag schrieb der Bruder, man möge doch »die alten politischen Querelen beiseitelassen«. Er war komplett desillusioniert davon, was in all der Zeit aus seinen Visionen geworden war. Von da an reiste er jedes Jahr ins Allgäu.

Die Mutter heiratete jung. Der Vater, ein Allgäuer, dessen Mutter die erste weibliche Gemeinderätin ihres Ortes war, wurde – wie könnte es anders sein – bald Kommunalpolitiker, war Kreisrat und als Beamter ohnehin mittendrin im lokalpolitischen Geschehen. Natürlich SPD-Mitglied. Er erzählt viel aus dem Krieg. Als 17-Jähriger wurde er noch eingezogen. Viele Male hat er *Im Westen nichts Neues* gelesen und das Buch der Tochter, als sie älter wurde, auf den Nachttisch gelegt. Er wollte, dass sie ihn verstand. Nie konnte sie deshalb nachvollziehen, wenn ihre Klassenkameraden vom Schweigen ihrer Väter erzählten.

In ihrer Familie wurde zum Kaffee über Willy Brandt diskutiert, später – es gab nun Würstchen und Bier – stritten ihr Onkel (er war Schokoladenvertreter) und ihr Vater über die Privilegien des Beamtentums. Später, sie hatten sich längst verabschiedet, standen sie noch lange am Parkplatz und bewunderten den neuen Opel, in dem der Schokoladenvertreter nun durch die Lande fuhr, während der Beamte, ihr Vater, noch immer das alte VW-Cabrio besaß, das er dem Malermeister gegenüber abgekauft hatte.

In der Zeit stritt sie viel mit ihrem Vater. Es waren Auseinandersetzungen, die eigentlich auf die Pubertät und das schwierige Vater-Tochter-Verhältnis zurückzuführen waren, aber sie wurden immer auf der Ebene der Politik ausgetragen. Die Tochter, die sich inzwischen schulpolitisch und in der Friedensbewegung engagierte, fand das Denken des Vaters zu materiell. Er war nicht links genug, nicht sozial genug, kämpfte zu wenig gegen Unterdrückung und Ausbeutung der Arbeiter. Er nahm die Gefahren der aufkommenden NPD nicht ernst und schwieg, als die Polizei gegen die Tochter ermittelte, weil diese – mit Schulfreunden – massiv eine Kundgebung dieser Partei in der Stadt gestört hatte.

Als wollte er sie auf den richtigen Weg zurückführen, lud er sie ein, Willy Brandt kennenzulernen. Dieser war zu einer Wahlveranstaltung persönlich in den Ort gekommen – die Gemeinde hatte inzwischen einen rührigen Bürgermeister der SPD – und er nahm sich am nächsten Tag Zeit für einen Kurztrip in die Berge. Der Vater fuhr ihn – er hatte inzwischen einen Ford – und sie saß hinten. 15 Jahre vielleicht. Und hörte Willy Brandt zu.

Aber sie wollte nicht zu den Jungsozialisten. Zu sehr waren diese – ihrer Meinung nach – Teil einer Institution. Ihr politischer Weg – so viel war damals schon klar – würde außerparlamentarisch verlaufen. Und sie würde auch nicht Lehrerin werden, wie der Vater es wollte, sondern Journalistin. Schließlich schrieb sie seit Jahren neben der Schule für die *Allgäuer Zeitung*.

Folgerichtig begann sie ein Studium an der Hochschule für Fernsehen und Film München, Abteilung Dokumentation. Die Hochschule war erst in ihrem zweiten Jahr und die Lehrer, die dort unterrichteten, kamen vor allem aus dem BR. Sie waren konservativ wie Mühlfenzl, neutral wie Oeller, oder liberal wie Schreiber. Manchmal, wenn sie endlich in die Praxis durfte, war es auch lustig. In der Reportredaktion ließ sie gemeinsam mit den zukünftigen Kollegen Marshmallows an einer Kerze schmelzen und diskutierte die Radikalisierung der RAF.

Kommunikationswissenschaften unterrichtete damals Professor Otto B. Roegele, Herausgeber des *Rheinischen Merkurs*. Sie war an eine Schule gekommen und wollte Neues schaffen und fand doch nur die alten Bilder vor. Sie dachte oft daran, das Studium zu beenden und doch Lehrerin zu werden. Deshalb war sie glücklich, als sie eines Tages einen Zettel an der Türe zu seiner Vorlesung fand:

»Basisgruppe trifft sich im Englischen Garten.«

Dort wollte sie hin! Endlich würde sie wieder eine politische Familie haben. Aber sie musste mehr wissen, besser werden, theoretischer. Sie las Marx und Adorno … sie las alles, was ihr unter die Finger kam. Zuhause, das spürte sie, war Realpolitik gewesen. Hier ging es um Wissen, Theorie, und Rhetorik. Vor allem, wenn abends Falco kam, einer der ganz großen Linken an der Universität. Manchmal brachte er eine Flasche Rotwein mit, setzte sich, sprach von der besseren Gesellschaft, philosophierte, zitierte, agitierte. Und das Mädchen aus dem Allgäu, das immer gesprochen hatte, widersprach nicht, wenn er von militanten Aktionen schwärmte. Sie schwieg. Fühlte sich klein. Politisch, theoretisch würde sie nie mit diesen rhetorischen Größen mithalten können.

Später spülte sie das Geschirr, gemeinsam mit ihrer Freundin.

Da sie politisch erzogen war, musste sie handeln. Für sich. Gemeinsam mit zwei Freundinnen machte sie Pläne, einen Film in Argentinien über revolutionäre Priester zu drehen. Sie wollten endlich die konkrete Revolution kennenlernen! Nicht nur darüber sprechen. Dort lernten sie Fernando Solanas kennen, der damals mit *La Hora de los Hornos* ein Meisterwerk des politischen Films geschaffen hatte. Sie arbeiteten mit ihm zusammen. Die Priester beschrieben ihnen begeistert ihren langen Weg in den Gemeinden hin zu einem besseren Leben für die Mitglieder. Sie machte den Ton für den Film. Hörte deshalb noch besser hin. Sie bereisten den Norden Argentiniens, in dem Che Guevara gelebt und gewirkt hatte. Sie verstand. Zum ersten Mal, seit sie auf der HFF war, war sie wieder bei sich und schrieb begeisterte Briefe nach Hause.

Zurück in München hängten sie ein Plakat an die Tür.

»Kämpfen mit der Kamera und in letzter Instanz Kämpfen mit dem Gewehr.«

Die Mutter der Freundin riss es ab. Sie hatte recht. Es gehörte nicht in dieses Leben.

Das argentinische Abenteuer mündete schließlich in einem Münchner Abenteuer: Sie wussten nun, es würde ein langer Weg sein, eine Gesellschaft zu verändern. Und sie würden ihn nur gemeinsam gehen können. Sie waren ungefähr 16 Personen. Alle an der HFF. Sie wollten ab jetzt zusammen wohnen, arbeiten, leben, wie Fassbinder es vorgab, doch ohne den egomanisch bestimmenden Mann in ihrer Mitte. Alles sollte diskutiert und basisdemokratisch entschieden werden.
Das Abenteuer war großzügig für zehn Jahre geplant und endete nach drei. Danach zogen die meisten in die vorher verhasste Zweierbeziehung.

Die Filmarbeit wurde wichtiger. Sie plante einen Abschlussfilm über *Die Utopien des Damenschneiders Wilhelm Weitling*, ein Sozialrevolutionär. Das Thema ließ sie nicht los ... Aber sie war auf einer anderen Ebene angekommen. Recherchieren, schreiben, konkret werden. Sie wusste jetzt: Der radikale Weg war nicht der ihre.

8 Zentimeter

Jahre später verschlief sie dennoch einen vermeintlichen Rückfall: Die Stammheim-Prozesse waren Geschichte, die zweite Generation der RAF machte sich auf den Weg.
Sie wohnte inzwischen allein in einer Wohngemeinschaft in Harlaching.
Das Haus, alt und schon ein wenig baufällig außen, innen charmant, lag an der Route zur Bavaria. Gernot Roll, der damals schon berühmte Kameramann, war wie immer früh zur Arbeit gefahren. Gegen 8 rief er an.
»Was war denn bei Dir los im Garten?«
Sie blickte hinaus. Da war gar nichts. Nur der Rasen – wie immer – ungemäht.
Er erzählte ihr, dass gegen 6 Uhr morgens eine Hundertschaft der Polizei im Garten aufmarschiert sei. Mit MGs und Hunden.

Sie hatte geschlafen, nichts bemerkt. Aber sie ahnte, was geschehen sein könnte. Und später hat der Einsatzleiter der Polizei angerufen und alles bestätigt:

Am Tag zuvor war sie mit einem geliehenen VW-Bus vor einer Reinigung in Harlaching vorgefahren. Sie hatte einen Mantel abgeholt und die merkwürdigen Blicke der Verkäuferin nicht deuten können. Aber VW-Bus und der damals moderne Stufenschnitt genügten der Dame, um die Polizei zu alarmieren. Sie hatte sie nämlich für die RAF-Terroristin Susanne Albrecht gehalten, die am Tod von Jürgen Ponto beteiligt war.
Terroristen schlafen ja bekanntlich lange. So war die Polizei vorsichtshalber früh am Morgen im Garten der WG schon mal aufmarschiert. Doch der Einsatzleiter hatte – ganz ohne Internet – noch einmal recherchiert, bevor er den Befehl gab, loszuschlagen ... Susanne Albrecht war nämlich 1,72 m groß.
Ich nur 1,64 m.

Relaisstation der Szene

Bochum unterscheidet sich nicht viel von anderen Städten im Ruhrgebiet. Bochum hat weniger Einwohner als Dortmund und soll sauberer als Bottrop sein. Das sagt man, weil es in dieser Stadt viele Parkanlagen gibt. Viel Grün.
Die Familie Schily wohnt am Stadtpark. Der Rechtsanwalt Otto Schily wächst in Bochum auf. Bochum hat viele Vororte. Hässliche und weniger hässliche. Da gibt es zum Beispiel Querenburg. Bochum-Querenburg.
Querenburg sollte eigentlich eine Gartenstadt werden. Ein Ausflugsparadies. Weil es so schön ländlich liegt. Und wer in einer Stadt wohnt, weiß, wie wichtig so ein Flecken grün für die Leute in der Stadt ist.
Aber es kommt anders.
Das Land, in dem diese Stadt liegt, das Land Nordrhein-Westfalen, beschließt Anfang der sechziger Jahre den Bau einer ersten Universität im Ruhrgebiet. Und die Stadtväter Bochums bieten kurzentschlossen ein Gelände an: Querenburg.
Die Stadtväter sagen sich: Grün ist gut, Geist ist besser. Bringt auf die Dauer mehr. Denn die Stadtväter sind in erster Linie Geschäftsleute. So baut man also die Universität.
Mit diesem Bau haben sich viele Leute gesund gestoßen. Sagt man. Die Bauern, die ihr Land der Stadt verkauft haben. Die Bauunternehmer, die den Bauauftrag bekamen. Die Handwerker. Die Zulieferer.
Im Rat der Stadt sind Handwerker vertreten. Und ein Bauunternehmer. Auch ein Bauer. Denen geht es heute gut. Denn die Universität hat sehr viel Geld gekostet.
[...]

Mai 1968. Essen. Die erste von Studenten, Schülern und LEHRLINGEN gemeinsam gestartete Demonstration gegen die Notstandsgesetze.
Herbst 1968. Bei den Gesellenprüfungen fallen fast 50 Prozent der Lehrlinge durch.
November 1968. Der Bund der Berufs- und Handelsschüler in Essen wird gegründet. Es ist der erste Zusammenschluss von Lehrlingen und Berufsschülern in der Bundesrepublik. Sie fordern Mitbestimmung in den Berufsschulen, praktische Ausbildung in überbetrieblichen Lehrwerkstätten und Erziehungsbeihilfen in Höhe der Studienbeihilfen.
Nun aber geht es erst einmal zum Ostermarsch, der von Bochum nach Dortmund führt, wo auf halber Strecke auch die Bochumer Maischützen ihren Eichenbaum holen, mit Blaskapelle und Trommeln und einigen Fässern Bier, die Kriegsgegner aber mit schrägem Gesang der US-Bürgerrechtshymne »We shall overcome« und einer Currywurst von Dönninghaus im Wanst.
Man will etwas ändern durchs gemeinsame Marschieren und streckenweise Busfahren. Der eine will dem Guten dienen, im Parka dem scheiß Wetter trotzend. Der andere marschiert mit, weil es was zu saufen gibt und vielleicht was zu stoßen.
Alle aber sind Individualisten und viele tragen Bärte und Nickelbrillen und kiffen, bis es dann wirklich ein easy going ist.

In der Kneipe, in der Disco und auf dem Ostermarsch, auf den Songtagen und einer Demo gegen die Fahrpreiserhöhungen im öffentlichen Nahverkehr (Aktion Roter Punkt) habe ich sie kennengelernt: siebzehn-, achtzehnjährige Mädchen und Jungen, Schüler und Lehrlinge.
Wir hockten zusammen in meiner Bude unterm Dach, saßen auf leeren Obstkisten und auf dem Boden und redeten. Sie sahen sich um, sahen das Tonband, die Bücher, die Schallplatten, den Kasten Bier und Cola. Die Aschenbecher quollen über.
Sie fragten: »Warum interessiert dich, wie wir leben und was wir machen? Was wir lieben und was wir hassen? Was wir uns wünschen? Denkst du ans Heiraten und mit Familie eigenes Haus bewohnen? Wohin möchtest du reisen? Was bedeutet dir Geld?«

•

Ich kümmerte mich auch um den Vertrieb, ich machte eine Tournee ins Rheinische, an die Ruhr. In Bottrop stieg ich aus dem Zug und marschierte am Bahndamm entlang und dann die Straße mit den Klinkerhäusern runter, bis ich das Haus gefunden hatte, das ich suchte. Aldo Moll empfing mich mit einem tiefen Gähnen und einer Flasche Bier. Er arbeitete als Programmierer bei Krupp, und wenn er nachmittags seine Siesta hinter sich hatte, hockte er sich in eine Abstellkammer und beackerte die Gegenkultur. So etwas hatte ich noch nie gesehen – bis zum Plafond war alles gestapelt, was in der Bundesrepublik, in der Schweiz, in Österreich die kleinen Klitschen und die libertären Grüppchen, die Makrobiotiker und die Anhänger von Gesundheitssandalen, die Anthroposophen und die Anarcho-Syndikalisten, die Befürworter des bewaffneten Kampfs und all die frommen Adepten der Gewaltlosigkeit, des handgeschöpften Büttenpapiers und des Siebdrucks ans Licht der Öffentlichkeit brachten ... Hier in seinem Abstellraum, in dem es nach abgestandenem Bier, kaltem Schweiß und Druckerschwärze roch, befand sich die Relaisstation für all die ungezählten Wirrköpfe, Geschäftemacher, politischen und religiösen Fanatiker, angehenden und abgehenden Schriftsteller – die SZENE.
Da sitzen also der Wintjes, Jg. 47, und der Göhre, Jg. 43, nachts in Bottrop, und wir alle wissen, dass diese Stadt schon einmal zwischen zwei Buchdeckel gepresst wurde. Erika Runge kam, sah und fragte, sie hatte ein Tonband dabei und fragte so rum, wie lebt es sich denn hier im Revier, nun sagen se mal, frei von der Leber weg.
Und hier und jetzt mit Rotwein und AN 1 hocken der Wintjes und der Göhre im Bottroper Bergmannshaus und bosseln zusammen, was die Szene so hergibt, tippen und kleben Seite für Seite, loben sich gegenseitig über den grünen Klee, klopfen sich auf die Schulter und sagen toffte, und rufen von Zimmer zu Küche, brauchst du noch die Maschine? und sagen, hier, die Adresse von WEGWARTEN kannst du ohne Kommentar, du weißt schon, und suchen noch immer gute Texte, und Fotos, und Dokumente, Hannover, Frankfurt, Stuttgart, und finden einige Sache unheimlich gut, so die Texte vom Fauser, und auch die vom Bulki, natürlich die vom Frosch. Die Uhr zeigt jetzt null Uhr 30, Annemie geht ins Bett, Bibi muss morgen bei Krupp malochen und ich muss in der Bochumer Buchhandlung Hengstenberg Bestseller verkloppen, weißes Hemd und Krawatte.

Martin Buchholz

Ein APO-Opa packt endlich aus

(Achtung, Satire!)

Ich habe eine Beichte abzulegen. Eine allzu späte. Es muss einfach mal raus: Ja, auch ich gehörte in meinen jugendlich verwirrten Jahren zu jenen gefürchteten Polit-Gangs, die später unter dem Markenzeichen »Die Achtundsechziger« firmierten. Noch heute liest und hört man immer mal wieder von den Schwerverbrechen dieser einstigen wilden Horden, die den gesamten öffentlichen Raum mit ihrer linksrotgrünen Syphilis ideologisch verseucht haben. Eine versiffte und vergenderte und klebrig-kriminelle Republik – das ist ihre (und meine) Hinterlassenschaft. Mea culpa, mea siffima culpa!

Einer der Hauptanklagepunkte, besonders in den medialen Klageschriften des Springer-Konzerns, war und ist die schwere doktrinäre Kindesmisshandlung, die dereinst brutal praktiziert wurde, auch von mir. An den Spätfolgen leiden die Opfer dieser Gesinnungsfolter noch immer.

Die Zukunft einer ganzen Generation von Kindern wurde damals von uns gewissenlosen Eltern verraten und stückweise verkauft: Für diesen Ausverkauf von kindlichen Psychen hatten wir extra eine Ladenkette gegründet. Kinderläden nannten wir diese kaum -erzieherischen Un-Zuchtanstalten. In einem dieser Läden war ich mal Filialleiter.

Noch heute schäme ich mich zutiefst, wie brutal wir damals die kleinen Naivlinge geknutet haben unter dem Motto: »Ihr Kinderlein verkommet!«

Wie oft kamen meine Söhne bei mir angewimmert: »Papa, sei nicht so gemein zu uns!«, schluchzten sie. »Immer erlaubst du uns alles! Nie hast du ein Verbot für uns übrig! Gib uns wenigstens ein paar kleine Regeln, an die wir uns halten können. Wir brauchen eine Orientierung. Gib uns ein paar Werte, nach denen wir unser Leben ausrichten können. Wir brauchen einen Vater als Leitfigur. Bitte, Papa, verhau uns doch nur ein einziges Mal!«

Aber ich schnauzte sie ohne Erbarmen nieder: »Sagt gefälligst nicht Papa zu mir! Das könnte euch so passen, ihr kleinen Wixer, dass ich für euch zu einer Autoritätsperson werde. Selbst wenn ich mal aus Versehen ein Verbot aussprechen sollte, dann kann ich euch nur warnen: Wehe, ihr haltet euch dran! Sonst müsst ihr zur Strafe alle drei Bände vom *Kapital* auswendig lernen, und hinterher werdet ihr vom Rudi Dutschke abgehört.«

So brutal war damals der Ton in unserem Kinder-Gulag. Bald darauf rächten sich die Gören, indem sie sich der Besetzerbewegung anschlossen. Wochenlang kamen wir nicht mehr auf die Toilette, weil an der Klotür ein Transparent hing: »Dieses Klo ist besetzt! Wir kämpfen gegen das Scheißsystem!«

Und diese kleinen Monster wurden immer monströser. Kein Wunder, war doch das erste, was sie morgens zu hören bekamen, wenn sie aus dem Schlaf gerissen wurden, die Internationale: »Wacht auf, Verdammte dieser Erde!« Zum Frühstück sang ihnen Ernst Busch dann was von Brecht vor: »Und weil der Mensch ein Mensch ist, darum braucht er was zu essen, bitte sehr ...« Perverserweise wurde dazu aber keine menschliche Nahrung serviert, sondern Müsli, also ein Körnerfraß für die freilaufende Bio-Brut. Die Kinder wurden von uns zudem schon im Vorschulalter rücksichtslos indoktriniert mit Vorlesungen in Sachen Klassenkampf. Und ich war einer dieser Vorleser. Irgendwann hatte ich die bis dahin noch keuschen Seelen so weit infiltriert, dass sie total abhängig waren von bestimmten Geschichten. Story-Junkies, die immer wieder nach dem gleichen Stoff jieperten. Da gab es zum Beispiel die Hetzschrift eines kryptokommunistischen Agitators, eines gewissen Michael Ende. Der hatte eine links-verdrehte Lügengeschichte über die Anfänge der Arbeiterbewegung zu Beginn des Maschinenzeitalters geschrieben. Die kam bei Kindern immer gut an. Der Titel dieses Machwerks lautete: *Jim Knopf und Lukas, der Lokomotivführer.* Die beiden Protagonisten dampften auf ihrer Lokomotive Emma einfach so herum in ihrem anarchistischen Lummerland – nicht nach Fahrplan, sondern nach Lust und Laune. Natürlich wollten die Kinder es diesem Lukas irgendwann gleichtun. Und so sind ganze Jahrgänge von Lokomotivführern nebst -innen herangezüchtet worden, die nur noch Bahnhof verstehen, wenn jemand sie zur fahrplanmäßigen Ordnung rufen will. Typisch antiautoritäre Erziehung! Alle Werte waren am Allerwertesten – so wie wir es klandestin geplant hatten.

Diese Jim-Knopf-Geschichte wurde später von einer geheim-bolschewistischen Agitprop-Gruppe sogar ins Fernsehen gebracht: Die nannte sich ganz harmlos die *Augsburger Puppenkiste*, aber ich habe den Verdacht, dass da ein Herr Erich Mielke die Puppen hat tanzen lassen. Puppets on the Stasi-String.

Natürlich wurden die Gören auch zu allen Demonstrationen mitgeschleppt, und davon gab es pro Woche mindestens sieben. So sollten die Bälger früh lernen, wie wichtig Bewegung ist, wobei es damals allerdings eher um die Basisbewegung ging.

Ach ja, das war eine bewegte Zeit, als auch ich noch Teil der Basis war. Dabei hatten wir allerdings ein Problem: Man war zwar selber Basis, aber man hat sich selbst als Basis nicht gereicht. Dabei lautete der Einsatz-Befehl in den flugblättrigen Demonstrations-Appellen immer wieder: »Erscheint massenhaft!« Für mich war das ein Dilemma, weil ich wirklich nicht wusste, wie ich massenhaft erscheinen soll. Und das ging nicht nur mir so. Da wir uns als Masse selber nicht genug waren, marschierten wir dauernd auf den Straßen herum auf der Suche nach einer Massenbasis.

Nun bestand die APO in den späteren Jahren ihrer bewegten Existenz allerdings nur noch massenhaft aus quasi-kommunistischen Sekten jeder denkbaren und kaum-noch-denkbaren Couleur, wenn auch alles in Rot. Die Rot-Farbigen stritten sich ständig darum, wer sich wohl das tiefroteste Rot auf seine Fahnen malen dürfte, wie es der jeweilige Dogma-Tick vorschrieb.

Es gab nur eines, was diese in innigem gegenseitigen Hass verfeindeten Gläubigen wirklich einte – die absolute Humor-Abstinenz. (Den blutigen Ernst bekam ich als satirischer In-Sekten-Forscher auch einmal ziemlich heftig zu spüren.) Und jede dieser Sekten beanspruchte für sich eine eigene Massenbasis. Aber so viele Massen standen einfach nicht zur Verfügung, was nach und nach zu einem nicht sehr überraschenden Sekten-Sterben führte.

Einmal war ich Ohren- und Augenzeuge einer solchen massenhaften Manifestation von frühseniler Hirn-Inkontinenz relativ junger Menschen. Da zog ein stattliches Expeditions-Corps von Jung-Maoisten, das sich stolz »Rote Garde« nannte, durch den Berliner Wedding. In dieser Rentner-Hochburg fahndete man nach einer ominösen, schon lange vermissten, vermutlich ausgestorbenen Spezies – nämlich nach Angehörigen einer sogenannten »Arbeiterklasse«. Das Jungvolk war nun irrtümlicherweise in das dortige Senioren-Reservat eingedrungen und ließ sich von dem Altvolk von den Fenstern und Balkonen herab ängstlich beäugen. Zur Volksaufklärung der Eingeborenen wurden reichlich aufgepappte Sprüche mitgeschleppt, die die Papp-Gardisten den Omas und Opas entgegenschwenkten. Dazu skandierten sie immer wieder im Chor:

»Ihr seid alt! Wir sind jung! Mao Tse Tung!«

Eine kulturrevolutionäre Erkenntnis, aufs Knappste verdichtet dank der gnadenlosen Diktatur des deutsch-chinesischen Endreims. Aber das Rentnervolk glotzte nur verständnislos, ohne der großen Weisheit gewahr zu werden, die man ihm da offenbarte. Die Jünger des Großen Vorsitzenden änderten daraufhin die Taktik und versuchten nun, die Alten in die Jugendbewegung einzubeziehen. Diesmal forderten sie im Sprechchor:

»Lasst den Kaffee, lasst die Sahne!
Schnappt euch eine rote Fahne.«

Dabei hatten sie allerdings nicht bedacht, dass die meisten Westberliner Rentner dummerweise keine rote Fahne in greifbarer Nähe hatten. Um aber wenigstens irgendetwas zu ergreifen, ergriffen einige Omas und Opas a) die Initiative und b) ihre Nachttöpfe und entleerten deren Inhalt auf die rotgardistischen Häupter. Die sozialistische Forderung der gerechten Umverteilung von oben nach unten – hier wurde sie in die Tat umgesetzt. Woran man einmal mehr sieht: Die Idee, die die Massen ergreift, wird zur materiellen Gewalt.

Günter Amendt

Rock 'n' Roll

Ich bin in den fünfziger Jahren Jugendlicher gewesen. Aber ich habe die Musik von damals noch in Erinnerung, weil sich erste sexuelle Erlebnisse mit dieser Musik verbinden, der erste Urlaub, den ich alleine gemacht habe, losgelöst von der Familie, der erste Schritt raus in die Selbstständigkeit. Die Glückserinnerung an damals – auch Erinnerungen an Leiden – sind verbunden mit Musik und das war eine Musik, die durchaus auf dem Niveau von Heino zu finden ist.

Der Rock 'n' Roll ist für mich identisch mit einer Zeit, wo sich hohe Emotionalität mit einem Prozess der politischen Bewusstwerdung in einem enorm schnellen Ablauf verbunden hat, nämlich der Studentenbewegung. Ich rede also nicht von individuellen Erfahrungen, sondern von biographischen, die in diese historische Erfahrung eingebunden und damit auch kollektive Erfahrungen sind.

Gesprächsausschnitt aus
Rote Blätter 11, 1980

Franz Josef Degenhardt

In den guten alten Zeiten

Dort im Südrandkrater, hinten an der Zwischenkieferwand,
wo im letzten Jahre noch das Pärchen Brennesseln stand,
wo es immer, wenn der Mond sich überschlägt, so gellend lacht,
drüben haust in einem Panzer aus der allerletzten Schlacht
jener Kerl mit lauter Haaren auf dem Kopf und im Gesicht,
zu dem, wenn es Neumond ist, unser ganzer Stamm hinkriecht.
Jener schlägt ein Instrument aus hohlem Holz und Stacheldraht
und erzählt dazu, was früher sich hier zugetragen hat
in den guten alten Zeiten.

Damals konnte der, der wollte, auf den Hinterkrallen stehn.
doch man fand das Kriechen viel bequemer als das Aufrechtgehn.
Der Behaarte sagt, sie seien sogar geflogen, und zwar gut,
aber keiner fand je abgebrochne Flügel unterm Schutt.
Über Tage und in Herden lebten sie zur Sonnenzeit,
doch zum Paaren schlichen sie in Höhlen, immer nur zu zweit.
Ihre Männchen hatten Hoden und ein bisschen mehr Gewicht,
doch ansonsten unterschieden sie sich von den Weibchen nicht
in den guten alten Zeiten.

Damals wuchsen fette Pflanzen überall am Wegesrand,
doch sie abzufressen galt als äußerst unfein in dem Land.
Man verzehrte Artgenossen, selbst das liebenswerte Schwein,
doch die aufrecht gehen konnten, fraß man nicht, man grub sie ein.
Manchmal durfte man nicht töten, manchmal wieder musste man.
Ganz Genaues weiß man nicht mehr, aber irgendwas ist dran.
Denn wer Tausende verbrannte, der bekam den Ehrensold,
doch erschlug er einen einzelnen, hat der Henker ihn geholt
in den guten alten Zeiten.

Wenn ein Kind ganz nackt und lachend unter einer Dusche stand,
dann bekam es zur Bestrafung alle Haare abgebrannt.
Doch wars artig, hat's zum Beispiel einen Panzer gut gelenkt,
dann bekam es zur Belohnung um den Hals ein Kreuz gehängt.
Man zerschlug ein Kind, wenn es die Füße vom Klavier zerbiss,
doch man lachte, wenn's dem Nachbarkind ein Ohr vom Kopfe riss.
Blut'ge Löcher in den Köpfen zeigte man den Knaben gern,
doch von jenem Loch der Löcher hielt man sie mit Hieben fern
in den guten alten Zeiten.

Alle glaubten an den unsichtbaren gleichen Manitu,
doch der Streit darüber, wie er aussah, ließ sie nicht in Ruh.
Jene malten ihn ganz weiß und andre schwarz oder gar rot,
und von Zeit zu Zeit, da schlugen sie sich deshalb einfach tot.
Ob die Hand ganz rot von Blut war und die Weste schwarz von Dreck,
das war gleich, wenn nur die Haut ganz weiß war, ohne jeden Fleck.
Und den Mischer zweier Farben federte und teerte man
oder drohte ihm für nach dem Tode Feuerqualen an
in den guten alten Zeiten.

Und wer alt war, galt als weise, und wer dick war, galt als stark.
Und den fetten Greisen glaubte man aufs Wort und ohne Arg.
Und wenn Wolken sich am Abend färbten, freute man sich noch,
und man fraß ganz ruhig weiter, wenn die Erde brandig roch.
Denn vom Himmel fiel noch Wasser, und die Sonne war noch weit,
und der große Bär, der schlief noch in der guten alten Zeit.
Und die Erde drehte sich nicht plötzlich rückwärts und im Kreis.
Doch man schaffte rüstig, bis es dann gelang, wie jeder weiß.
Und da war Schluss mit jenen Zeiten,
mit den guten alten Zeiten.

Und so hocken wir bei Neumond an der Zwischenkieferwand,
wo im letzten Jahre noch das Pärchen Brennesseln stand.
Und wir lauschen dem Behaarten, der sein Instrument laut schlägt.
Und wir lauschen, lauschen, lauschen nächtelang und unbewegt.
Und wir träumen von den guten alten Zeiten und dem Land,
wo man überall und jederzeit genug zu fressen fand.
Unsre Stammesmutter streichelt unser Jüngstes mit den Zehn,
manchmal seufzt sie: »O ihr Brutgenossen, war das früher schön
in den guten alten Zeiten.«

Tom Schroeder

Nackte Wahrheit – Eindrücke eines Ansagers und Mitveranstalters

Sympathy for the Devil, so hieß eine 13-teilige, ab 1972 ausgestrahlte Fernsehreihe zum Thema Jugendkultur und Musik. Verantwortlich war der junge NDR-Redakteur Horst Königstein. Über ein Treffen von Königstein und einer Gruppe freier Autoren[1] und Regisseure schreibt Peter Urban in seiner Autobiografie (*On Air. Erinnerungen an mein Leben mit der Musik*, erschienen im Mai 2023) auf Seite 191:

»Ich schaute mich um und entdeckte gleich zwei prominente 68er, Tom Schroeder, einer der Organisatoren der Essener Songtage, bärtig mit cooler Sonnenbrille, und Manfred Miller, ebenfalls in Gesprächsrunden bei den Songtagen aktiv …«

Vor fünfeinhalb Jahrzehnten fanden zum ersten und einzigen Male die Internationalen Essener Songtage (IEST) statt, an einem überlangen September-Wochenende mit der Zusatzzahl 1-9-6-8.

Für den Hamburger Historiker und Buchautor Detlef Siegfried (*Time Is on My Side. Konsum und Politik in der westdeutschen Jugendkultur der 60er Jahre*, 2017 bereits in 3. Auflage erschienen) sind die Songtage nicht nur das »bis dahin größte Pop-Festival Europas«, sondern »die bedeutendste Veranstaltung der Westdeutschen Gegenkultur in den späten 60er Jahren«.

Rund 40.000 Besucher, etwa 140 Künstler und Künstlerinnen: aus Großbritannien Julie Felix, Alexis Korner, Julie Driscoll & Brian Auger, Shirley & Colin, Roger Chapman & The Family. Stars aus der Underground-Szene der USA gaben in Essen ihr Deutschlanddebüt: Frank Zappa & The Mothers of Invention, Tuli Kupferberg & The Fugs, Tim Buckley, David Peel.

Die Bandbreite der bundesdeutschen IEST-Künstler reichte von den (seit den Waldeck-Festivals ab 1964 bekannten) Liedermachern Dieter Süverkrüp, Franz Josef Degenhardt, Hanns Dieter Hüsch und Hannes Wader bis zu den Free-Jazzern um Peter Brötzmann oder Gunter Hampel (plus John McLaughlin). Es ging vom Folksong und Volkslied der City Preachers (Inga Rumpf) oder der Kröher-Brüder über Schnuckenack Reinhardts Sinti Swing und den psychedelischen Rhythm 'n' Blues der Xhol Caravan bis hin zu den damals noch Beatbands genannten Kraut-Rock-Pionieren Mani Neumeiers Guru Guru, Edgar Froeses Tangerine Dream, Amon Düül mit der schönen Uschi Obermaier (bei den IEST lernte sie Rainer Langhans kennen und zog bald in die Kommune 1 nach Berlin).

Am Donnerstag, 26. September 1968, hatte ich als Ansager des ersten Konzerts im Essener Saalbau gleich mit Genossen und Genossinnen zu diskutieren, ob im geplanten Konzert überhaupt Musik stattfinden darf. Und wenn ja: Darf dann schon nach jedem Lied diskutiert werden oder erst in der nächsten Pause?[2]

In der Nacht von Samstag, 28. September, auf Sonntag, 29. September 1968, hatten in der Essener Grugahalle Frank Zappa & The Mothers of Invention ihre Deutschland-Premiere. Einige der Kölner Polit-Rock-Formation Floh de Cologne ließen auf der Bühne die Hosen runter. Nicht nur wegen dieser nackten Wahrheit gab es »von der Presse voll in die Fresse« (Werner Pieper).

Ein Journalist behauptete gar, Mann habe es mit Frau getrieben, auf den Bänken der Grugahalle. Große Glocke, Geschlechtsverkehr! Schade nur, dass der Verfasser nachweislich überhaupt nicht anwesend war bei dem von ihm beschriebenen Konzert. Schade auch, »dass es in der Essener Grugahalle überhaupt keine Bänke gibt« (Detlev Mahnert, IEST-Künstlerbetreuer und Autor des IEST-Buches *Zappa, Zoff und Zwischentöne*, 2008).

Neben dem bis dahin kaum für möglich gehaltenen Programmmix, einem riesigen synästhetischen Zirkus mit Party und Demo, mit Happening und Oberseminar, Go-in und Smoke-in war es vor allem das Organisationsmodell, das die IEST entscheidend mitgeprägt hat: die Zusammenarbeit nämlich zwischen einer für das Gesamtprogramm verantwortlichen unabhängigen Gruppe und einer städtischen Verwaltung, hier dem Jugendamt der Stadt Essen.

[1] U. a. Horst Königstein, Manfred Miller, Günter Scheding, Tom Schroeder, Jürgen Seuss, Christopher Sommerkorn, Peter Urban, Klaus Wellershaus. Bei den Songtagen lernte ich Künstler und Journalisten kennen, mit denen ich später jahrelang bestens zusammengearbeitet habe, etwa Alexis Korner, Ulrich Olshausen, Siegfried Schmidt-Joos. Und immer wieder Manfred Miller. Wir waren Partner beim Gegenkultur-Festival auf Burg Waldeck 1969, beim Mainzer Open Ohr Festival seit 1975. 1981 haben Manfred und ich, zusammen mit u. a. seiner Frau Ingrid Bahr-Miller, Thomas Dittrich, Detlef und Silvia Gattner, Isolde Schroeder-Gsell, Hans Jacobshagen, das Lahnsteiner Bluesfestival ins Leben gerufen. Die Handtücher für die Musiker stammten noch aus unseren privaten Schränken. Anlass für das Bluesfestival war das 30-jährige Bestehen des SWF-Landesstudios Rheinland-Pfalz. Niemand ahnte damals, dass aus einer Geburtstagsfete einmal das älteste jährlich stattfindende Bluesfestival in Deutschland werden sollte. Heute wird es veranstaltet vom Verein Lahnsteiner Musikszene e.V. Das Programm erstellt eine siebenköpfige Bluesprojektgruppe, 2023 sind das: Markus Graf, Sonja Graf, Martin Gutjahr-Jung, Katharina Heinius, Christian Pfarr, Tom Schroeder, Thomas Seggel.

[2] Ich erinnere mich bis heute an eine kleine Szene, die nicht untypisch war für den Festival-Mix aus Pop und Politik, sie war nur zu hören. Und nicht zu sehen. Während auf der Bühne neben mir die große Judy Driscoll, schön wie die Frau eines Anderen, sich mit beiden Händen an ihrer Tasse festhält und mit honigsüßem Tee schlückchenweise ihre Stimme pflegt, erklingt aus der Garderobe neben der Bühne: die Internationale, jedenfalls Passagen aus der Internationalen. Backstage proben unsere beiden bekanntesten Politsänger, nämlich Dieter Süverkrüp als Vorsänger – und als Lernender Franz Josef Degenhardt. »Ein Hauch von Umsturz lag in der Luft«, so hieß bei Heinz L. Wuermeling, in seinem vorzüglichen Fernsehfilm über die Songtage, gesendet im BR, 19. Oktober 1968. Man kann das heute bei YouTube sehen – Stichwort ›Degenhardt TV Teil 1 & 2‹.

Über die Festival-Macher schreibt Detlef Siegfried: »Rolf Ulrich Kaiser hatte die Idee und die Gesamtleitung des Festivals. Henryk M. Broder, Martin Degenhardt und Tom Schroeder bildeten die Planungsgruppe und den Organisationsstab, später ergänzt um Bernd Witthüser«. Witthüser war damals in Essen tätig, Kaiser und Broder arbeiteten in Köln, Martin und ich lebten in Mainz, wo auch Reinhard Hippen, der Gründer des Deutschen Kabarett-Archivs, zu Hause war – er vervollständigte unser Kreativ-6tett.

Schon auf dem Festival wurde Kritik laut am IEST-Programm. Der Wiener Wissenschaftler und Liedermacher Rolf Schwendter: »[Für das] Programm waren für Diskussionen und Vorträge sieben Stunden, für musikalischen Konsum jedoch über 50 Stunden vorgesehen. Anstatt dass die verschiedenen Aspekte sich gegenseitig ergänzten, wurden sie zu einem Brei vermanscht.«

Das sollte nun alles besser werden – beim Gegenkultur-Arbeitstreffen auf der Burg Waldeck im Hunsrück September 1969. Veranstalter war eine 18-köpfige Projektgruppe Waldeck, bestehend aus Mitgliedern der Arbeitsgemeinschaft Burg Waldeck und des Republikanischen Clubs Mainz. Etwa 1.400 politisch und kulturell engagierte Gruppen wurden per Post eingeladen: »damit den Linken etwas Lust in den Arsch geblasen wird« (Tim Belbe, Xhol Caravan); »damit aus der Subkultur Gegenkultur wird« (Rolf Schwendter). Obwohl die meisten der fast 2.000 Besucher des Gegenkultur-Festivals tagsüber friedlich und intensiv in Workshops zusammen arbeiteten, wirkte die Veranstaltung streckenweise wie unter dem Motto: Jeder gegen jeden. Die APO, die Außerparlamentarische Opposition, zerfiel in Rechthaberei und Intoleranz. Von allen Seiten in Ruhe gelassen wurde nur ein Zelt mit dem Schild »Yogakurs für Anfänger«.

Das Abschlusskonzert fand nicht auf der Burg Waldeck statt, sondern in der ausverkauften Koblenzer Rhein-Mosel-Halle. Auf der Bühne: die Gruppen Xhol Caravan und Sixty Nine sowie die Solisten: Franz Hohler, Hannes Wader, Reinhard Mey und Rolf Schwendter. Veranstaltet wurde das Konzert von der Projektgruppe Waldeck und der Katholischen Jugendzentrale Koblenz um den couragierten Josef Winfried Richard. Konzerttermin war der 14. September 1969, genau zwei Wochen vor der Bundestagswahl am 28. September, durch die Willy Brandt dann Bundeskanzler werden konnte.

Nach Waldeck 1969 schien das Interesse am Veranstalten von Folk-Festivals für immer beendet, 1972 dann doch wieder, inspiriert von den Waldeck-Festivals der 1960er Jahre, das erste von u. a. Viktor Brüchert, Uli Holzhausen und Hans-Heinz Weitzel mitbegründete internationale Eurofolk-Festival; 1973 dann das von Carsten Linde organisierte Songfestival in Ludwigshafen.

Als die beiden städtischen Mainzer Jugendpfleger Günter Schreiber und Uli Holzhausen den Grafiker und Kabarett-Kenner Reinhard Hippen und mich, damals Radiojournalist, als Berater für ein neues Festival einluden, entstand Pfingsten 1975 das erste Mainzer Open Ohr Festival. Dabei sollten sich die Essener Erfahrungen wie eine Blaupause in Mainz gleich doppelt bewähren. Einmal bei der bunten, medialen Programmpalette, die verbunden wird mit einem jeweils aktuellen gesellschaftspolitischen Thema. Zum anderen bei der Zusammenarbeit zwischen einem städtischen Jugendamt und einer unabhängigen Programmgruppe, die sich immer wieder aus sich selbst heraus erneuert.

So bleibt das Mainzer Open Ohr Festival mit seiner bunten, multimedialen Programmmischung (»Pop und Politik«) und mit jeweils mehr als 10.000 Besuchern lebendig – als zugleich eines der ältesten und jüngsten Festivals hierzulande.

»We got to stand side by side
We got to stand together and organize«
aus »Straight Ahead«

Jimi Hendrix in Kopenhagen

Fredrik Vahle

Was bedeutete die 68-Zeit für mich?

Was bedeutete die 68-Zeit für mich? Ich gehörte nicht zu denen, die sich damals als Vollblut-Revolutionäre verstanden und – jedenfalls in Worten – ihr Leben ganz der Revolution und dem Klassenkampf widmeten. Einige gaben ihre akademische Laufbahn auf, um auf dem Weg des Proletariats weiterzugehen, sie stürzten sich in die sogenannte Betriebsarbeit. Ich war da eher ein windiger Genosse, der mit dem Heine in der Tasche, der Gitarre unter dem Arm bei den Griechen rumhing. Trotzdem, vieles, was ich damals über gesellschaftliche Veränderungsprozesse und soziale Gerechtigkeit hörte, begeisterte mich.

Auf Demonstrationen gab es einen Feigling, und das war ich. Wenn die Wasserwerfer kamen, suchte ich mit meiner damaligen Freundin, die mich mitunter »Brummbär« nannte und der ich den Namen »Schneewittchen« gegeben hatte, gerne das Weite, wurde dafür von meinen Akfal-Mitmusikanten, die in vorderster Reihe mitmachten, richtig schön verspottet. Schneewittchen mochte ich sehr, obwohl sie gar nicht ins radikal linke Studentenmilieu passen wollte.

1967 war ich in den SDS, den Sozialistischen Deutschen Studentenbund, eingetreten. Damals begann unsere Agitprop- und Akfal-Phase bzw. entwickelte sich weiter. Wir hatten 1968 ja sogar eine Platte herausgebracht, mit Liedern nach Texten von Heinrich Heine und aus der 1848er-Revolution. Aber das war uns alles zu brav und konventionell. Von einer Künstlerin aus den USA hatte ich zum ersten Mal von Frank Zappa gehört, und so was wollten wir jetzt auch machen.

Wie das wohl klingt, wenn man eine 150-Watt-Anlage an eine alte Hochgebirgszither anschließt? Wir wollten es wissen.

Kann man auf einer Zither auch Rock-'n'-Roll-Klänge erzeugen?

Ja, man kann.

Vertragen es Erich-Fried-Gedichte, wenn man sie ins Mikrofon brüllt?

Falls sie noch verständlich sind, ja.

Kann man musikalische Erwartungshaltungen so heftig durchbrechen, dass Prügeldrohungen im Publikum laut werden?

Das muss jedes Mal von Neuem geprüft werden...

Mit solchen und ähnlichen Fragen beschäftigten wir uns damals und wir wollten nicht nur darüber reden, wir wollten so etwas in die Praxis umsetzen und gründeten deshalb Akfal, den Aktionskreis für aufgelöste Liedkultur mit Uli Freise an der elektronisch verstärkten Zither, die er manchmal mit Trommelstöcken bearbeitete. Mit Axel Schürmann an der E-Gitarre und Diethardt Hess an Bass und Trompete und Fredrik Vahle am Mikrofon.

So wollten wir den Leuten die Konsumgewohnheiten aus- und die Weltrevolution vorantreiben. Manche mochten das, aber oft wurden uns auch Prügel angedroht.

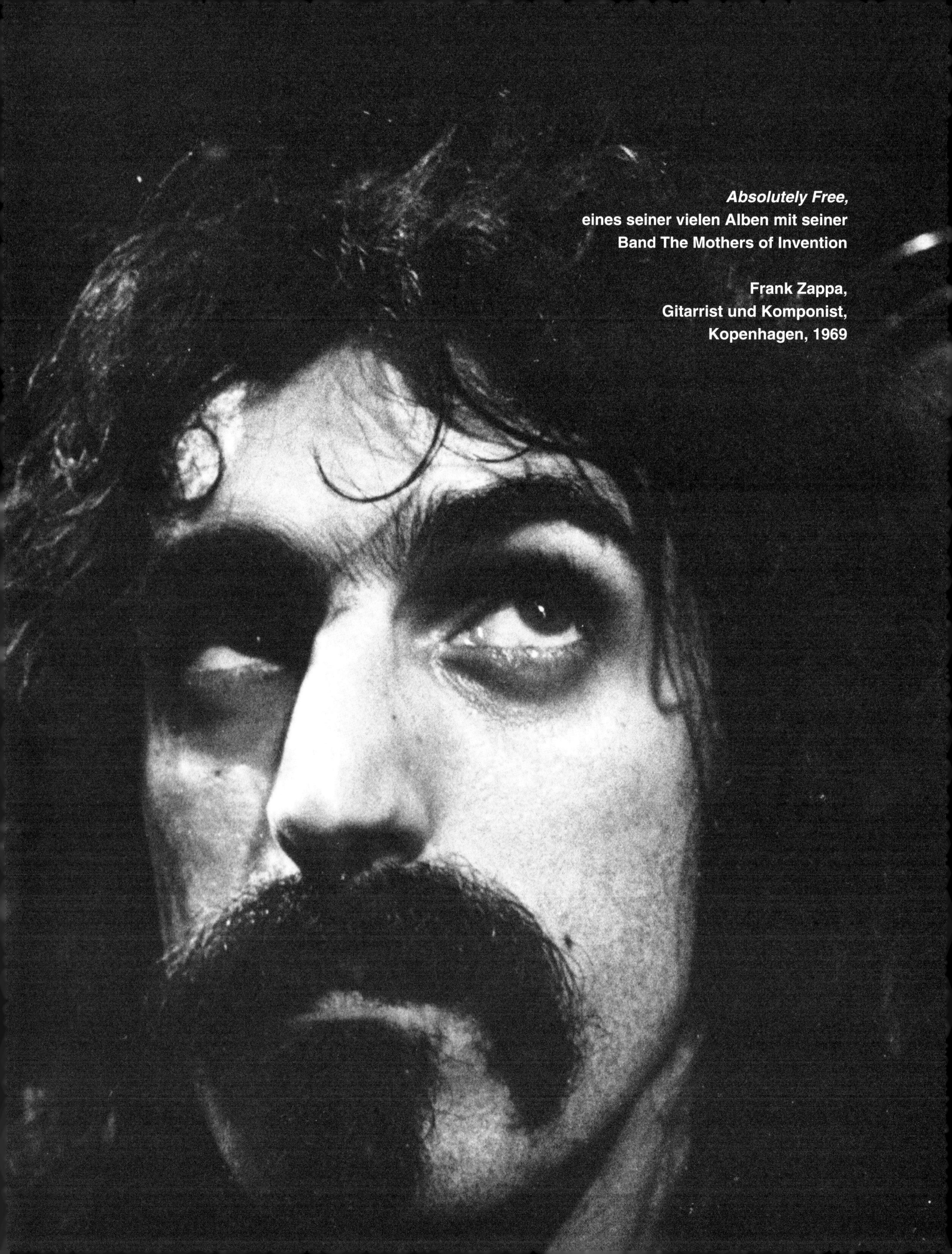

Absolutely Free,
eines seiner vielen Alben mit seiner
Band The Mothers of Invention

Frank Zappa,
Gitarrist und Komponist,
Kopenhagen, 1969

Schon 1968 auf den Essener Songtagen, wo sich Liedermacher und damalige Popmusiker trafen – Vanilla Fudge, Alexis Korner waren auch da, und natürlich auch Mossmann, Degenhardt und Süverkrüp – also dort haben wir schon neben Heine-Liedern ein wildes, freejazziges Flötenkonzert mit jugoslawischen Hirtenflöten abgeliefert.
Im Gießener SDS waren auch eine ganze Reihe ausländischer Studenten. Es gab Muri, den Ägypter, und Semi, den Afrikaner, und Carlos aus Venezuela, die auch bei der Gießener Studentenbühne mitmachten. Aber am meisten zusammen war ich mit den Griechen, die nämlich zeigten, dass Gesinnung und Lebensfreude durchaus zusammengehörten. Ihr Lachen, ihr Singen und Tanzen, davon war ich immer wieder begeistert. Ich weiß noch, wie sie im Otto-Eger-Heim alle in einen Hungerstreik traten. Sie saßen einfach alle in der Eingangshalle der Mensa und aßen nichts. Am dritten Tag erreichte uns eine Nachricht: Wir sollten mit unseren Instrumenten ins Otto-Eger-Heim kommen. Komisch, die Griechen wollten während ihres Hungerstreiks Musik hören. Und was passierte? Als wir spielten, sprangen sie sogar auf und tanzten. Sie tanzten und wir staunten.
Lieder von Mikis Theodorakis sangen wir ja sowieso. Meist wussten wir nur vage, was die Texte bedeuteten. »Sopa ponanes« schmetterten wir zweistimmig auf vielen politischen Veranstaltungen. Das Lied beginnt, wie ich später erfuhr, mit den Worten:

»Bald werden wir im Land die Glocken läuten, die ganze Erde uns und kein Stück unseren Feinden!«
(Übersetzung des Originaltextes von Giannis Ritzos aus »Romiosini« auf Mikis Theodorakis' gleichnamiger CD)

Etwas großwortig also, und ein bisschen so wie alte Arbeiterlieder:

»Brüder, zur Sonne, zur Freiheit
Brüder zum Lichte empor ...«

Doch es gab ja auch die anderen Lieder von Theodorakis, die weniger martialisch waren. Und die hörte ich nun fast täglich und stundenlang immer, immer wieder. Sie haben mein ganzes Verständnis von Musik und dessen, was Musik kann und soll, wesentlich geprägt, und man merkt das auch meinen späteren Liedern an:

»Der Hase Augustin«
»Schlaflied für Anne«
»Kawuras, der Krebs«
»Lied von der kleinen Klasse«
»Lied von der Postfrau«
»Kuhsyrtaki«

Diese musikalisch-poetische Momentaufnahme kam mir in den Sinn, als ich um einen Beitrag für diese Textsammlung gebeten wurde. Und da in der Kürze immer wieder auch etwas Würze zu finden ist, möchte ich es damit bewenden lassen.

Jan-Uwe Rogge

Die Erinnerungen eines alternden Stones-Fans

»There must be some way out of here, said the joker to the thief …« Wer konnte damals schon wissen, dass der Verfasser (welch nüchternes Wort für diese Bilder!) dieser Zeilen Jahrzehnte später den Literaturnobelpreis erhalten würde. Es war Bob Dylan! Man schrieb das Jahr 1967.
Und ein exzentrischer, gewohnte musikalische Rahmen sprengender Gitarrist namens Jimi Hendrix interpretierte Dylans Song auf seine (ganz) spezielle Art und Weise – harte Gitarrengriffe, die ins Ohr drangen, auf der Haut spürbar waren, dazu seine brüchige, kehlige Stimme. Einzigartig unverkennbar! Ich war sofort gefangen.
Klar gab es Jeff Beck! Gab es Eric Clapton! Und da war natürlich noch Eric Burdon, der mit Hendrix aufgetreten war! Aber so etwas wie Hendrix' Stimme, so etwas war mir neu, wohl auch anfangs ein bisschen fremd. Das war kein Gesang, das war ein Schrei aus tiefster, verwundeter Seele – ganz ähnlich wie Tina Turners »River Deep Mountain High«! Unverwechselbar!

Ganz anders – und doch irgendwie ähnlich, weil neu, ungehört – ein Song, der mich bis heute begleitet. Keine krachende E-Gitarre, sondern ein längeres Orgel-Intro, orientiert an Johann Sebastian Bachs »Air«, gefolgt von Gary Brookers unnachahmlich weicher Stimme, die Stimmungen zum Schwingen brachte: »We skipped the light fandango, turned cartwheels 'cross the floor …« Das ist Procol Harum, »A Whiter Shade of Pale«. Die Verse magisch verklärt, mit Anklängen an englische Lyriker – die nicht Weltflucht, sondern sehr realitätshaltig waren. Aber vielleicht sind das jetzt wahrscheinlich die Verklärungen eines alternden Stones-Fans!
Frank Zappa – seine Musik war nicht meine, sie ist es nie geworden. Sie war irgendwie abstrakt, abgehoben, löste emotional nichts aus, blieb mir fremd.
Aber Hendrix – seine wüste, musikalisch verfremdete Interpretation der amerikanischen Nationalhymne angesichts des Vietnamkrieges! Da ging etwas ab – da waren Kopf und Herz gleichermaßen berührt und gefordert. Als Hendrix 1970 – mittlerweile eine Woodstock-Legende – sein Konzert auf Fehmarn gab, und das war in meiner Nähe, war ich längst beruflich unterwegs, auf einem Schiff in Südamerika. Ich habe ihn verpasst.
Gary Brooker dagegen traf ich bei einem Konzert in Dänemark. Ein Star zum Anfassen, ganz nah. Ich habe ihm erzählt, wie viel mir der Song bedeutet. Er hat – so glaube ich – weise gelächelt. Er hatte das wohl schon viele Male gehört. Und als Brooker dann »A Whiter Shade of Pale« anstimmte, ich das Orgel-Intro hörte, da war ich gefangen!
Und so ist es heute noch! Songs lösen Gefühle aus, sie tragen einen in die Vergangenheit. Situationen, Lebensabschnitte tauchen auf, die wichtig waren – und noch sind.
Das hat nichts mit der melancholischen Einsamkeit eines alternden Stones-Fans zu tun, die F. C. Delius einst in seinem Gedicht so einfühlsam beschrieb. Das sind Erinnerungen an eine »Superjeilezick«, die die Kölsche Band Brings mit der Zeile ausdrückte: »… mit Träne in d'r Auge loor ich manchmol zurück«.

SGT.
WANTS

»You sacrifice the things you love«
Jimi Hendrix mit Noel und Susanne Redding und Mitch Mitchell, 1969 in Kopenhagen

Bernard Larsson

wurde 1939 in Hamburg geboren und wuchs in Schweden und der Bundesrepublik auf. 1957 studierte er Fotografie und Fotodesign in München. 1959 ging er nach Paris, wo er Assistent von William Klein, dem New Yorker Fotografen der *Vogue* wurde. 1961 zog er nach Berlin. Dank seines schwedischen Passes konnte er sich in allen vier Sektoren der Stadt frei bewegen, wodurch er die humanitäre und auch politische Situation der geteilten Stadt dokumentieren konnte. 1964 erschien dazu sein Buch *Die ganze Stadt Berlin – Politische Fotos*. 1966 bis 1968 war Larsson wieder in Berlin, diesmal im Auftrag des *Stern*. Er verfolgte die gesellschaftskritischen Aktivitäten der Studenten aus politischem Interesse; nach den Schrecken des Krieges war es für junge Fotografen wichtig, am Aufbau eines neuen Europas mitzuwirken. Heute lebt und arbeitet Bernard Larsson in München.

Günter Amendt

wurde 1939 in Frankfurt am Main geboren und war ein deutscher Sozialwissenschaftler und Autor. Vorrangig beschäftigte er sich mit den Themen Sexualität und Drogen. Er war Kriegsdienstverweigerer und betätigte sich politisch während seiner Studienzeit im Sozialistischen Deutschen Studentenbund (SDS). In den 1970er Jahren war er freier Mitarbeiter des damaligen Instituts für Sexualforschung in Hamburg und gehörte dem Vorstand der Deutschen Gesellschaft für Sexualforschung an. Aus dieser Zeit stammen auch seine bekannten Bücher *Sexfront* (1970) und *Das Sex-Buch* (1979).

Elke Bitterhof,

Jahrgang 1950, studierte nach ihrem Tourismus-Diplom in Dresden Gesang an der Musikhochschule Hanns Eisler in Berlin. Mit der legendären Songgruppe Oktoberklub tourte sie durch 21 Länder und war bis 1986 Vizechefin vom Festival des politischen Liedes. Im Anschluss wechselte sie zum Fernsehen und stand für die nächsten 22 Jahre regelmäßig als Moderatorin vor der Kamera. Zwischendurch wurde sie als Direktorin ans Deutsch-Chilenischen Kulturinstitut berufen und zog mit Mann und Kindern für drei Jahre nach Santiago. Seit ihrer Rückkehr 1998 ist sie eine gefragte Autorin für Hörfunk, Printmedien und poetische Nachdichtungen. Sie schrieb auch das Lied für die Friedensglocke im Volkspark Friedrichshain, ein Geschenk der Stadt Hiroshima, das an jedem 6. August an den Atombombenabwurf erinnert. Erinnerung ist auch das Stichwort für ihr Buch *Goodbye, DDR*, in dem u. a. Wim Wenders, Wolfgang Niedecken und Anja Kling zu Wort kommen. Seit 2020 ist sie die Deutschland-Produzentin des katalanischen Senders TV3 mit Dépendance am Leipziger Platz in Berlin-Mitte.

Anna Bremer

ist eine in Hannover geborene Schriftstellerin.

Martin Buchholz

wurde 1942 in Berlin-Wedding geboren, ist seit 1961 Reporter und Redakteur und hat bereits für viele Zeitungen und Zeitschriften geschrieben, u. a. für den *Stern*, den *Spiegel* oder *konkret*. Seit Herbst 1982 steht Buchholz als Satiriker auf der Bühne und wirkt als satirischer Schriftsteller. Er erhielt mehrere Preise, beispielsweise den Deutschen Kleinkunstpreis der Sparte Kabarett und den Deutschen Kabarettpreis. Er ist Mitglied im deutschen PEN-Zentrum. Die meisten seiner Programme wurden im Fernsehen gezeigt. Er schrieb auch Drehbücher, beispielsweise *Die Faust in der Tasche* mit Manfred Krug für das ZDF.

Hans-Peter de Lorent

wurde 1949 in Neumünster geboren und ist ein ehemaliger Abgeordneter der Grün-Alternativen Liste (GAL) und ein ehemaliges Mitglied der Hamburgischen Bürgerschaft. Der ehemalige Landesvorsitzende der GEW und spätere Oberschulrat ist Herausgeber und Autor mehrerer Publikationen und hat zahlreiche Aufsätze zu pädagogischen und schulreformerischen Themen geschrieben.
1980 veröffentlichte er seinen autobiografischen Berufsverbotsroman *Die Hexenjagd*. 2016 bis 2019 erschienen drei Bände der Reihe *Täterprofile: Die Verantwortlichen im Hamburger Bildungswesen unterm Hakenkreuz*, worin Hans-Peter de Lorent nach jahrzehntelanger Forschungsarbeit die Biografien der wichtigsten Personen im Hamburger Bildungswesen während der NS-Zeit aufarbeitet.

Franz Josef Degenhardt,

1931 in Schwelm geboren, war ein deutscher Liedermacher und Schriftsteller, dessen Repertoire lyrische Lieder ebenso umfasste wie Protestsongs, Grotesken, Parodien, Liebes- und Trinkballaden oder Lieder übers Leben und Kämpfen. Er studierte Jura in Freiburg und Köln, wurde 1966 promoviert und arbeitete als Rechtsanwalt. Neben 30 Langspielplatten veröffentlichte er diverse Romane wie *Zündschnüre* (1973) und *Brandstellen* (1975), die 1975 bzw. 1977 verfilmt wurden. Große Bekanntheit erlangte Franz Josef Degenhardt bereits 1965 mit dem Album *Spiel nicht mit den Schmuddelkindern*. Er war Mitglied des deutschen PEN-Zentrums sowie korrespondierendes Mitglied der Akademie der Künste der DDR.

Gertrude Degenhardt

wurde 1940 in New York geboren und wuchs in Westberlin auf. Sie ist die Schwägerin Franz Josef Degenhardts. Seit 1966 ist sie freischaffende Malerin und Grafikerin und hatte bereits viele Ausstellungen im In- und Ausland. Heute lebt und arbeitet sie in Mainz und an der irischen Westküste.

Frank Göhre

wurde 1943 geboren und wuchs in Bochum auf. Er arbeitete als Buchhändler, Verlagslektor sowie Buch- und Drehbuchautor. Aus seiner Feder stammen beispielsweise einige Drehbücher für Fernsehserien wie den *Tatort* oder *Großstadtrevier* sowie für den Film *St. Pauli Nacht*, der mit dem Deutschen Drehbuchpreis ausgezeichnet wurde. Zusammen mit Carl Schenke schrieb er das Drehbuch und den gleichnamigen Roman zum Film *Abwärts* (2008), der prominent verfilmt wurde, u. a. mit Götz George und Hannes Jaenicke. 2020 und 2021 erschienen seine neuesten Kriminalromane *Verdammte Liebe Amsterdam* und *Die Stadt, das Geld und der Tod* bei CulturBooks.

Gregor Gysi,

1948 in Berlin-Lichtenberg geboren, ist Rechtsanwalt, Politiker der Partei Die Linke, Autor und Moderator. Er studierte von 1966 bis 1970 Jura an der Humboldt-Universität in Berlin und wurde 1976 promoviert. Er war Mitglied und drei Jahre lang Vorsitzender der PDS und danach zehn Jahre lang Vorsitzender der Links-Fraktion im Bundestag. Er ist außerdem Mitglied der Gewerkschaft ver.di und des politischen Beirates des Bundesverbandes der mittelständischen Wirtschaft sowie der Rosa-Luxemburg-Stiftung. In seiner auch auf YouTube veröffentlichten Veranstaltungsreihe *Missverstehen Sie mich richtig!* interviewt Gregor Gysi in Berliner Theatern wechselnde prominente Gäste, beispielsweise Katharina Thalbach oder Pierre M. Krause.

Ulla Hahn,

geboren 1945, aufgewachsen in Monheim am Rhein, Studium der Germanistik, Soziologie und Geschichte. Promotion zum Thema Literatur in der Aktion. Sie arbeitete u. a. als Journalistin, als Lehrbeauftragte an verschiedenen Universitäten und als Kulturredakteurin bei Radio Bremen. Erste Gedichte veröffentlichte sie in den 1970er Jahren. Bekannt als Lyrikerin ist sie seit Anfang der 1980er Jahre. Seit 1990 veröffentlicht sie zudem Romane, Erzählungen und Essays, u. a. die autobiografisch basierte Romantetralogie: *Das verborgene Wort* (2001), *Aufbruch* (2007), *Spiel der Zeit* (2014), *Wir werden erwartet* (2017). Zuletzt erschien 2021 der Lyrikband *stille trommeln* und 2022 der Roman *Tage in Vitopia*. 2023 wurde der Gedichtzyklus *An einem klaren Tag*, Komposition: Sean Shepherd, in der Carnegie Hall, New York City, uraufgeführt.

Heinrich Hannover

wurde 1925 in Anklam in Mecklenburg-Vorpommern geboren. Er studierte Jura und arbeitete lange als Strafverteidiger. Vor allem vertrat er Kriegsdienstverweigerer und politische Oppositionelle, beispielsweise aus der Studentenbewegung. Seit den 1960er Jahren veröffentlichte Heinrich Hannover Kinder- und Hörbücher und erhielt dafür zahlreiche Preise, u. a. den Bremer Kultur- und Friedenspreis der Villa Ichon oder den Arnold-Freymuth-Preis. Große Bekanntheit erlangte er durch *Das Pferd Huppdiwupp und andere lustige Geschichten*, erschienen beim Rowohlt Verlag, und seine Hörbücher, allesamt beim JUMBO Verlag erschienen. Er trug die Ehrendoktorwürde der Humboldt-Universität Berlin und der Universität Bremen und war Mitglied im Beirat der Humanistischen Union.

Corinna Hauswedell

wurde 1953 in Hamburg geboren. Sie engagierte sich politisch erst in der Studentenbewegung, dann in der Friedensbewegung der 1980er Jahre. 1997 wurde sie an der Universität Hamburg mit einer Arbeit über *Friedenswissenschaften im Kalten Krieg* promoviert. Zwischen 2001 und 2017 war sie u. a. Mitherausgeberin des *Friedensgutachtens* der wichtigsten deutschen Friedensforschungsinstitute. Ihr Interesse gilt der vergleichenden Konfliktanalyse, den historischen, sozialen und kulturellen Wurzeln von Konflikt, Gewalt und Krieg sowie den Antinomien ziviler und militärischer Sicherheitskonzepte. Sie lebt in Irland und Deutschland.

Luc Jochimsen,

geboren 1936 in Nürnberg, war 1975 bis 1988 Moderatorin und Redakteurin bei *Panorama* und später London-Korrespondentin der ARD. Von 1994 bis 2001 war sie außerdem Chefredakteurin des Hessischen Rundfunks. Von 2005 bis 2013 war sie Mitglied des deutschen Bundestags und kandidierte 2010 für das Amt der Bundespräsidentin. 1971 erhielt sie den Adolf-Grimme-Preis, 2001 den Hessischen Verdienstorden.

Beate & Serge Klarsfeld

Beate Klarsfeld, geboren 1939 in Berlin, ist eine deutsch-französische Journalistin. Besondere Bekanntheit erlangte sie durch die Ohrfeige gegen den 1966 zum deutschen Bundeskanzler gewählten Kurt Georg Kiesinger und durch ihr Engagement bei der Aufklärung und Verfolgung von NS-Verbrechen zusammen mit ihrem französischen Mann Serge Klarsfeld. Im März 2012 kandidierte Klarsfeld für *Die Linke* bei der Wahl des deutschen Bundespräsidenten 2012 gegen Joachim Gauck.

Serge Klarsfeld, geboren 1935 in Bukarest, ist Rechtsanwalt und Historiker. Er überlebte den Holocaust und wies zusammen mit seiner Frau auf viele unbehelligt lebende nationalsozialistische Täter hin, beispielsweise Klaus Barbie oder Ernst Ehlers.

Steffen Lehndorff

wurde 1947 in Westberlin geboren. Als Wirtschaftswissenschaftler forschte er zu Arbeitsmarktentwicklungen und Gewerkschaften in der EU sowie zuletzt zum New Deal in den USA und zur sozial-ökologischen Transformation der Industrie in Deutschland. Er ist heute Research Fellow am Institut Arbeit und Qualifikation (IAQ) der Universität Duisburg-Essen.

Erik Merks

wurde 1947 in Hamburg geboren, machte eine Ausbildung zum Maschinenschlosser und gründete mit anderen Lehrlingen eine Lehrlingsgruppe, aus der später das SLZ (Sozialistisches Lehrlingszentrum) und danach das SALZ (Sozialistisches Arbeiter- und Lehrlingszentrum) hervorgingen. Später studierte er Volkswirtschaft, machte 1977 den Abschluss als Diplom-Volkswirt und wurde 1987 Vorsitzender des Betriebsrates von STN Atlas Elektronik. 1981 wurde er Mitglied im AEG-Betriebsrat, bei der Bremer Vulkan war er bis 1996 und danach bei Rheinmetall Arbeitnehmervertreter im Aufsichtsrat. Darüber hinaus war er Präsident des Europäischen Betriebsrates von Rheinmetall.

Rolf Nagel,

1929 in Hamburg geboren, ist ein deutscher Schauspieler und Schauspielausbilder. Nach seiner Ausbildung an der Schule für Musik und Theater in Hamburg folgten Engagements an verschiedenen Theatern, beispielsweise am Thalia Theater Hamburg. Darüber hinaus spielte er zahlreiche Fernsehrollen, unter anderem in *Die Pfefferkörner* oder *Rote Rosen*. Er ist Mitglied der Deutschen Akademie der Darstellenden Künste und Ehrenmitglied der Hochschule für Schauspielkunst Ernst Busch Berlin. Darüber hinaus war er 29 Jahre lang (1966 bis 1995) Leiter der Abteilung Schauspiel an der Hochschule für Musik und Theater Hamburg. Rolf Nagel erzählt unter dem Titel *Das Hundeauge* (2020) sein Leben im Hörbuchprogramm von GOYALiT, das gleichnamige Buch ist beim Insel Verlag erschienen.

Jakovos Papadopoulos

wurde 1940 in Kallithea am Fuße des Olymps geboren. 1965 wanderte er als Gastarbeiter aus, zuerst nach Tübingen, 1966 nach Hamburg. Er lernte Groß- und Außenhandelskaufmann an der Grone-Schule und der studierte später als Stipendiat der Hans-Böckler-Stiftung Wirtschaftswissenschaften an der HWP und Uni Hamburg. Er arbeitete gleichzeitig als Dozent, als Dolmetscher und Übersetzer, als Sozialbetreuer beim DGB in Hamburg sowie als Griechisch- und Deutschlehrer. Als Schriftsteller und Dichter veröffentlichte er mehr als 17 Bücher und ist Mitglied des Schriftstellerverbandes in Hamburg. Zudem ist er seit mehr als zehn Jahren Vorsitzender der griechischen Gemeinde sowie der Lambrakis-Jugend und des Antidiktatorischen Kommitees in Hamburg.

Uschi Reich

wurde 1949 im Allgäu geboren und ist eine der erfolgreichsten Produzentinnen von Kinder- und Jugendfilmen in Deutschland. Darunter fallen die Erich Kästner-Verfilmungen *Pünktchen und Anton*, *Emil und die Detektive* und *Das fliegende Klassenzimmer* wie auch beide *Bibi Blocksberg*-Filme und die Jugendfilmserie *Die wilden Hühner*. Als Chefdramaturgin der Bavaria betreute Uschi Reich außerdem 200 Folgen der TV-Serie *Marienhof*. Reichs Produktionen wurden mehrfach mit dem Deutschen Filmpreis, dem Bayerischen Filmpreis sowie dem Kindermedienpreis ausgezeichnet und erhielten Preise auf in- und ausländischen Kinder- und Jugendfilmfestivals.

Jan-Uwe Rogge

wurde 1947 in Stade geboren und hat mehr als 20 Bücher zu Erziehungsfragen und Kinderbücher geschrieben, die in 23 Sprachen übersetzt wurden. Seit seinem Studium der Germanistik, Politischen Wissenschaften und Kulturwissenschaften arbeitet er als Familien- und Kommunikationsberater in eigener Praxis und gibt Seminare für Pädagog*innen. Zu seinen größten Erfolgen zählen *Kinder brauchen Grenzen* (2009) und *Pubertät – Loslassen und Haltgeben* (2010), als Bücher beim Rowohlt Verlag und als Hörbücher bei GOYALiT erschienen.

Dirk Römmer

wurde 1943 in Kirchwerder geboren und studierte in Hamburg und Heidelberg Theologie. Seit Ende der 1960er Jahre ist er Pastor. In den 1970er Jahren begann er seine Autorentätigkeit in niederdeutscher Sprache, verfasste Geschichtenbände und übertrug Bibeltexte und andere Bücher ins Niederdeutsche, auch als Schallplattenveröffentlichungen. Römmer war von der ersten Folge 1982 an am NDR-Format *Talk op Platt* beteiligt und ist Mitglied des Beirats der Fritz Reuter Gesellschaft. Darüber hinaus ist er seit 2013 Vorsitzender des Instituts für niederdeutsche Sprache mit Sitz in Bremen. 2015 erhielt er den Johannes-Gillhoff-Preis.

Tom Schroeder

Thomas »Tom« Schroeder ist ein deutscher Musikjournalist und Musikveranstalter. Der »sozialdemokratische Hippie« (Thomas Leif) moderierte an die 3.000 Musiksendungen im öffentlichen Hörfunk und gehört zu den Mitbegründern des Mainzer Open Ohr Festivals sowie des Lahnsteiner Bluesfestivals. Er ist Juror bei der Liederbestenliste und in der Sparte Blues beim Preis der Deutschen Schallplattenkritik. Schroeder wurde 2004 mit dem Blues-Louis (SWR-Blues-Preis) ausgezeichnet; 2005 erhielt er die Peter-Cornelius-Plakette für seine Verdienste um die Entwicklung der Kleinkunst und des Musiklebens in Rheinland-Pfalz.

Friedemann Schulz von Thun,

1944 in Soltau geboren, ist ein deutscher Kommunikationspsychologe. Er studierte Psychologie in Hamburg, war als Diplom-Psychologe dann Assistent bei Reinhard Tausch und wurde 1973 zum Doktor phil. promoviert. Er entwickelte in den 1970er Jahren das Modell des Kommunikationsquadrats und hatte bis 2009 eine Professur für Schulpsychologie an der Universität Hamburg inne. Europaweit bekannt wurden seine Bestseller *Miteinander reden 1-3* – u. a. mit den Modellen des Kommunikationsquadrates und des Inneren Teams. Schulz von Thun erhielt zahlreiche Ehrungen und Auszeichnungen für sein Werk, beispielsweise den Live Achievement Award der Deutschen Weiterbildungsbranche und den Ehrendoktor Dr. h.c. oec. der Universität St. Gallen. Neuere Bücher *Die Kunst des Miteinander-Redens. Über den Dialog in Gesellschaft* und *Politik* (2020, zusammen mit B. Pörksen) und *Erfülltes Leben* (2021) erschienen beim Hanser Verlag und als gleichnamige Hörbücher bei GOYALiT.

Alice Schwarzer

wurde 1942 in Wuppertal geboren und ist Journalistin und Publizistin. Sie zählt zu den bekanntesten deutschen Feministinnen. 1971 trat sie das erste Mal an die Öffentlichkeit und machte unter dem Motto »Mein Bauch gehört mir« mit anderen Frauen gegen § 218 mobil. 1975 veröffentlichte sie ihr Buch *Der kleine Unterschied und seine großen Folgen*, das sie weit über die Grenzen von Westdeutschland bekannt machte. Seit 1977 ist sie Verlegerin und Chefredakteurin der *Emma*. Als Autorin veröffentlichte sie mehr als 25 Bücher, darunter *Meine algerische Familie* (2018) und der Doppelband ihrer Biografie *Mein Leben* (2022), beide bei Kiepenheuer & Witsch erschienen.

Doris Stoisser

ist Journalistin, Autorin und Reisende. Sie lebt in Wien und arbeitet unter anderem bei Radio Ö1 und dem ORF. Sie wurde mit dem Europäischen Civis Medienpreis und dem Prälat-Leopold-Ungar-Journalist*innenpreis ausgezeichnet.

Dieter Süverkrüp,

geboren 1934 in Düsseldorf, ist ein deutscher Liedermacher, Kabarettist, Grafiker und Autor. Er gilt als einer der Gründer der Liedermacherbewegung der Bundesrepublik und war vor allem in den 1960er und 1970er Jahren aktiv. Er ist Mitbegründer des pläne-Verlags. 1976 wurde er mit dem Heinrich-Heine-Preis der DDR ausgezeichnet, 1987 erhielt er den Deutschen Kleinkunstpreis und 1995 den Preis der Deutschen Schallplattenkritik.

Uwe Timm,

geboren 1940, ist freier Schriftsteller seit 1971. Er studierte in München und Paris Philosophie und Germanistik und promovierte mit einer Arbeit über Albert Camus. Anschließend studierte er Soziologie und Volkswirtschaftslehre. Den Aufbruch Ende der 1960er Jahre erlebte Uwe Timm als Student aktiv mit. Er zählt zu den wichtigsten Vertretern der 68er-Generation; die Aufarbeitung dieser Zeit zieht sich durch sein gesamtes Werk. 2006 wurde er mit dem Premio Napoli sowie dem Premio Mondello ausgezeichnet, erhielt 2009 den Heinrich-Böll-Preis und 2012 die Carl-Zuckmayer-Medaille. Sein neuestes Buch *Alle meine Geister* ist 2023 bei Kiepenheuer & Witsch erschienen.

Fredrik Vahle

Fredrik »Fritz« Vahle wurde 1942 in Stendal geboren und war schon immer vom Singen und von der Musik begeistert. Nach dem Abitur studierte er Deutsch und Politik und nahm im Duo *Ulli und Fredrik* seine erste LP auf. Es folgten unzählige Kinderlieder. Große Bekanntheit erlangte er durch *Die Rübe* (1973) und *Anne Kaffeekanne* (1984). Er ist bis heute Dozent für Sprache, Musik und Bewegung mit dem Schwerpunkt Kindersprache und Kinderlied an der Universität Gießen.

Henning Venske,

geboren 1939 in Stettin, studierte an der Schauspielschule Max Reinhardt in Berlin. Während mehrjähriger Engagements am Schillertheater Berlin und am Hamburger Thalia Theater arbeitete er u. a. mit Fritz Kortner, Wolfgang Spier und Samuel Beckett zusammen. Dem Fernsehpublikum ist Henning Venske aus seinen TV-Auftritten zum Beispiel in der *Sesamstraße* und dem *Tatort* bekannt. Er war Chefredakteur der Satirezeitschrift *Pardon* bis zu ihrer Einstellung 1982 und war von 1985 bis 1993 Ensemblemitglied, Autor und Regisseur der Münchner Lach- und Schießgesellschaft. Venske tritt mit eigenen Kabarettprogrammen auf, außerdem schreibt er für Publikumszeitschriften und veröffentlicht eigene Bücher, beispielsweise *Summa Summarum* (2019), als Buch beim Westend Verlag und als Hörbuch bei GOYALiT erschienen.

Uwe Wandrey,

1939 in Hamburg als Sohn eines Hafenarbeiters geboren, studierte Germanistik, Geschichte und Philosophie. 1971 promovierte er zum Doktor der Philosophie. In den 1960er Jahren engagierte Wandrey sich in der Gruppe Hamburg Linksliterarisch und in der Außerparlamentarischen Opposition gegen die Notstandsgesetze und den Vietnamkrieg. Er gründete 1966 seinen eigenen Kleinverlag, den Quer-Verlag, war ab 1971 für den Rowohlt-Verlag tätig und gab dort die Kinder-Taschenbuchreihe rororo rotfuchs heraus. Er schrieb zahleiche Radio-Features und Magazinbeiträge, unter anderem für den Deutschlandfunk, den NDR und den WDR, und veröffentlichte diverse Kinder- und Sachbücher sowie den Roman *Der Rekrut oder Auffällig ist immer die Stille* (1979). Hinzu kommen Reportagen für beispielsweise die *Neue Zürcher Zeitung* oder das *ZEIT Magazin*. Wandrey lebt heute die meiste Zeit auf der griechischen Insel Paros.

Konstantin Wecker,

1947 in München geboren, ist Musiker, Liedermacher, Komponist, Poet und Autor. Darüber hinaus ist er als Filmkomponist und Schauspieler für Film und Fernsehen tätig. Politisch engagiert sich Konstantin Wecker bereits seit 1968: als Antifaschist, Pazifist und »bekennender Anarcho«. Der Traum von einer herrschaftsfreien Welt zieht sich wie ein roter Faden durch sein Leben. 1982 nahm er z. B. an der Konzertreihe *Künstler für den Frieden* teil. Er verarbeitet das politische Tagesgeschehen bis heute in seinen Liedern; seine Ballade »Willy« behandelt beispielsweise die Konfrontation der 68er-Bewegung mit rechtem Gedankengut, sein aktuelles Lied »Schäm dich Europa« die Politik gegen Geflüchtete und das Sterben im Mittelmeer. Wecker tritt häufig auf Kundgebungen gegen Krieg, Rassismus sowie alte und neue Nazis auf. *Utopia*, sein 22. Live-Album, erschien im Oktober 2022, im Herbst 2023 bereits sein 23. Live-Album *Ich singe, weil ich ein Lied hab* von der Jubiläumstour zu seinem 75. Geburtstag und sein neuer Gedichtband im Verlag bene!.

Klaus-Peter Wolf

wurde 1954 in Gelsenkirchen geboren. Er lebt als freier Schriftsteller in Norden, Ostfriesland, und zählt zu den erfolgreichsten deutschen Autoren. Seine Bücher wurden in 26 Sprachen übersetzt und stehen regelmäßig auf Platz 1 der Bestsellerlisten. Neben seinen Ostfriesenkrimis, die in prominenter Besetzung für das ZDF verfilmt werden, sorgten viele seiner Drehbücher beim *Tatort* und *Polizeiruf 110* für beste Einschaltquoten. Für seine Werke wurde Klaus-Peter Wolf bereits auf drei Kontinenten mit zahlreichen Literatur- und Filmpreisen ausgezeichnet, beispielsweise 1996 mit dem Erich-Kästner-Fernsehpreis der Film- und Fernsehhochschule Babelsberg und 1998 mit dem Magnolia Award Shanghai. Er ist Mitglied des PEN-Zentrums Deutschland. Seine Ostfriesenkrimis erscheinen im S. Fischer Verlag, die gleichnamigen Hörbücher bei GOYALiT als Autorenlesung. Zusammen mit seiner Ehefrau Bettina Göschl und seiner Tochter Maxi Wolf produziert Klaus-Peter Wolf CDs für Kinder. Sie erscheinen im JUMBO Verlag und erfreuen sich wachsender Beliebtheit.